우리가 농구에 미치는 이유

진 루엔 얌 지음 조영학 옮김 양희연 감수

우리학교

DRAGON HOOPS by Gene Luen Yang
Copyright © 2020 by Humble Comics, LLC
All rights reserved.
Korean translation copyright © WooriSchool Co., 2021

This Korean edition was published by WooriSchool Co. in 2021 by arrangement with First Second, an imprint of Roaring Brook Press, a division of Holtzbrinck Publishing Holdings Limited Partnership through KCC(Korea Copyright Center Inc.), Seoul

이 책은 ㈜한국저작권센터(KCC)를 통한 저작권자와의 독점계약으로 ㈜우리학교에서 출간되었습니다.
저작권법에 의해 한국 내에서 보호를 받는 저작물이므로 무단전재와 복제를 금합니다.

우리가 농구에 미치는 이유

초판 1쇄 펴낸날 2021년 7월 16일
초판 5쇄 펴낸날 2024년 5월 20일

지은이 진 루엔 양
컬러 라크 피엔
아트 어시스트 리앤 메이어, 콜베 양
옮긴이 조영학
감수 양희연
펴낸이 홍지연

편집 고영완 전희선 조어진 이수진 김신애
디자인 이정화 박태연 박해연 정든해
마케팅 강점원 최은 신종연 김가영 김동휘
경영지원 정상희 여주현

펴낸곳 ㈜우리학교
출판등록 제313-2009-26호(2009년 1월 5일)
제조국 대한민국
주소 04029 서울시 마포구 동교로12안길 8
전화 02-6012-6094
팩스 02-6012-6092
홈페이지 www.woorischool.co.kr
이메일 woorischool@naver.com

ISBN 979-11-6755-001-9 47840

• 책값은 뒤표지에 적혀 있습니다.
• 잘못된 책은 구입한 곳에서 바꾸어 드립니다.

프롤로그
양 선생

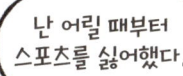

나는 이렇게 어른이 됐다. 그리고 우리는 나이가 들수록, 성향이 다른 사람들과 점점 거리를 두곤 한다.

하지만 때때로, 무언가가 우리를 떠나게 만든다.

우리 학교 남자 농구 대표 팀 코치의 이름은 **루 리치**다. 몇 번 대화를 나눈 적은 있지만, 가까운 사이는 아니다.

솔직히 말하자면, 친해지고 싶은 사람은 아니다.

고등학교 때는 어땠을지 상상해 봤다.

야, 멸치! 패스도 할 줄 모르냐?

코치에게 말 걸기를 몇 주 뒤로 미뤘다.

학교 한가운데로 좁은 길이 놓여 있다.

한쪽에 교실이 있는 건물이 위치하고, 체육관은 길 건너에 있다.

나는 그 길을 거의 건너 본 적이 없다.

뚜벅

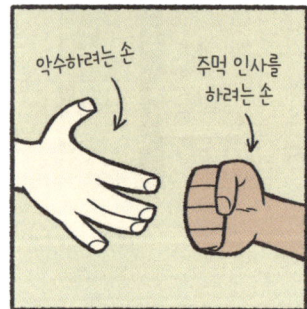

1장
루 코치

루엘린 블래크먼 리치는 1985년 가을에 비숍 오다우드 고등학교에 입학했다.

당시에는 그 지역 최고의 엘리트 학교로 알려져 있었고, 부잣집 백인 아이들이 많이 다녔다.

"그때는 다니고 싶지 않았어요."

공립 학교에 가고 싶었어요. 친구들도 다 거길 다녔으니까.

"하지만 어머니의 뜻이었어요."

뚜벅

마스는 **마이클 조던**의 보조 역할로 광고에 나왔다.

"신발에 돈을 쓰라고!"

"됐어, 마스."

스파이크 리 감독이 직접 연기한 그 모습은 조던과 대조를 이루었다.

언제나 세계적인 운동선수처럼 보였던 조던이, 마르고 작고 안경을 쓴 마스 옆에서는

신처럼 보였다.

"잠깐만요. 마스 블래크먼... 코치님 미들 네임이 '블래크먼' 아닌가요?"

"맞아요. 요상한 우연의 일치죠."

루의 노력은 헛되지 않았다.

루는 3학년이 되면서 키가 크고 체력도 훨씬 좋아졌다.

멋진 헤어 컷
콘택트렌즈
다듬은 콧수염
173센티미터
튼튼해진 다리
68킬로그램

루는 농구 대표 팀의 백업 포인드 가드가 됐다.

루와 팀 동료들은 시즌 내내 열심히 싸웠다.

그리고 마침내 해냈다.

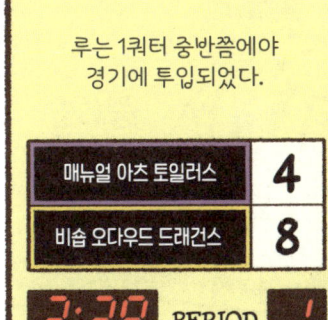

매뉴얼 아츠 토일러스	16
비숍 오다우드 드래건스	24

0:00 PERIOD 2

전반은 드래건스가 압도적이었습니다!

토일러스가 이 상황을 어떻게 극복할지 지켜봐야겠습니다!

휴식 시간이 지난 뒤, 드래건스는 당당하고 침착한 모습으로 경기장에 돌아왔다.

빛나는 조명 아래, 루는 달렸고 점프했고 슛을 날렸다.

공과 바스켓을 제외한 모든 세상이 사라졌다.

퉁!

탁

"관중들이 미친 듯이 열광했어요.
저는 코치님을 끌어안고 껑충껑충 뛰었고요.
그런데 갑자기, 소리가 들렸어요."

공격자 골텐딩! 득점 무효!

농구 경기를 할 때, 골대 위의 원통형 공간은 그야말로 신성한 공간이다.

공이 그 공간에 있으면 그 누구도 공이나 백보드, 림을 건드려서는 안 된다.

공의 운명을 결정할 기회는 오직 공에게 달려 있다.

드래건스에게는 불행한 일이지만, 공이 그 신성한 공간 안에 있을 때 림 가까이, 혹은 그 위에 사람의 손이 있었다.

펠프스 코치의 욕설과
아나운서들의 동요하는 반응도
결과를 바꾸지는 못했다.

| 매뉴얼 아츠 토일러스 | 54 |
| 비숍 오다우드 드래건스 | 53 |

이듬해, 비숍 오다우드 드래건스는 주 챔피언십에 재도전했다.
하지만 성공하지 못했다.

루는 대학에서도 농구를 계속했다. 시작은 UCLA였고,

클렘슨에서도 뛰었지만, 햄스트링 부상으로 농구를 그만둬야 했다.

루는 역사 전공으로 대학을 졸업했다.

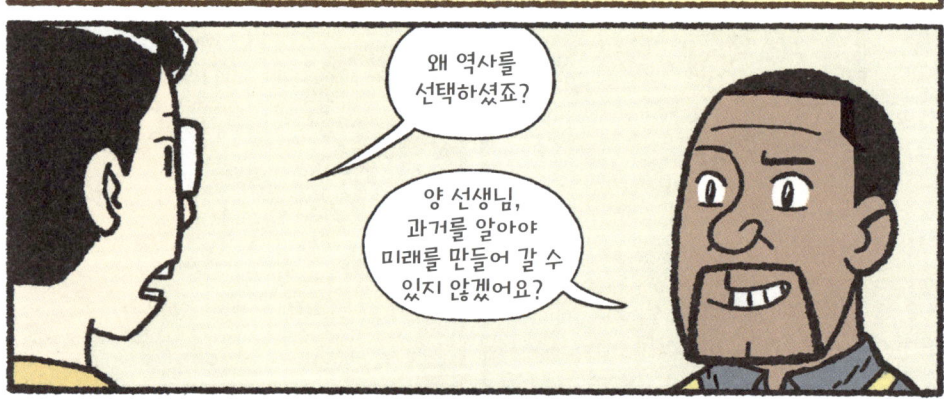

왜 역사를 선택하셨죠?

양 선생님, 과거를 알아야 미래를 만들어 갈 수 있지 않겠어요?

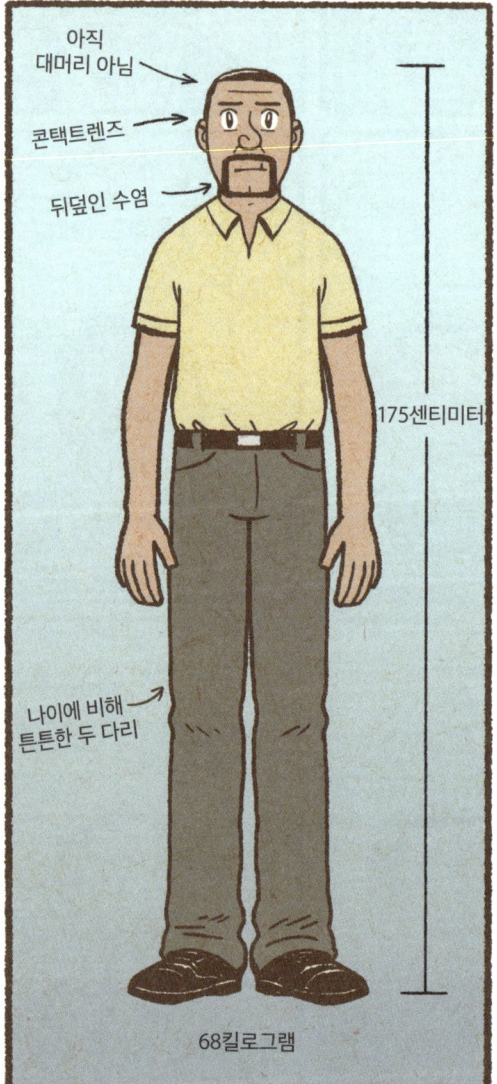

2장
아이반과 패리스

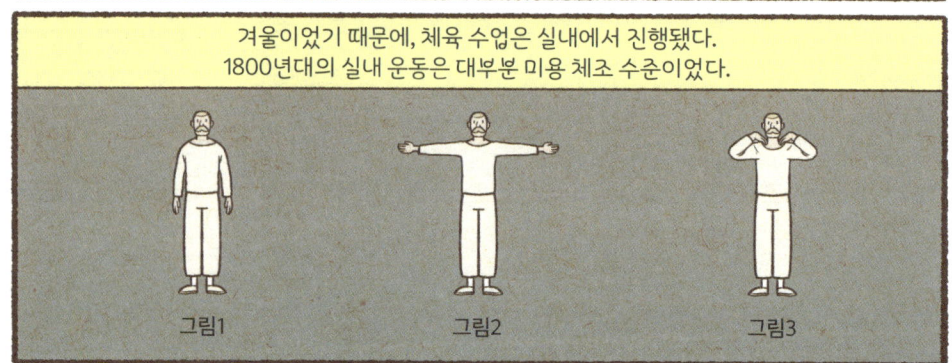

그리고 1800년대 성인 남성이 용납할 수 없는 한 가지가
바로 미용 체조였다.

뚜벅

모두 실패였다.

네이스미스는 새로운 무언가가 필요했다. 완전히 새로운 스포츠가.

태클도, 커다란 장비도 필요없는 운동. 그것만은 분명했다.

그 뒤로 농구는 빠르게 발전했다.

1894년, 어느 자전거 회사에서 최초로 전용 농구공을 제작했다.

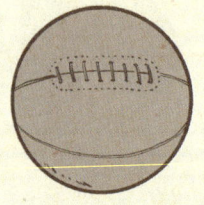

1898년, 복숭아 바스켓 대신 네트가 달린 철제 링을 매달았다.

1896년, 시합에서 처음으로 드리블 기술을 썼다.

그림1

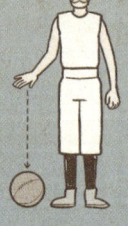
그림2

그림3

그리고 마침내 한 팀에 다섯 명의 선수, 다섯 개의 포지션이 농구의 표준이 되었다.

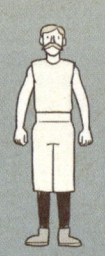
포인트 가드

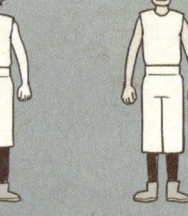
슈팅 가드

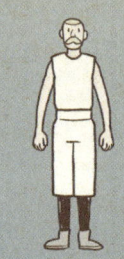
스몰 포워드

파워 포워드

센터

농구는 전 세계 YMCA에서 큰 인기를 얻었지만,
이미 자리를 잡은 다른 스포츠와 관객 수로 경쟁하기에는
여전히 어려움이 많았다.

야구

미식축구

농구

"그래도 엄마가 보러 오셨네!"

"아들아! 미식축구 경기하는 거 아니었니?"

하지만 특별한 장비나 잔디 구장이 필요하지 않은 농구는
결국 뉴욕이나 시카고, 로스앤젤레스와 같은
도시까지 진출했다.

오클랜드도
예외가 아니었다.

오클랜드 방문을 환영합니다
인구수 409,300명   해발 42 피트

여러 전설적인 농구 선수들이 캘리포니아주 오클랜드 출신이다.

게리 페이튼

빌 러셀

제이슨 키드

데이미언 릴러드

농구는 오클랜드 역사의 일부이며,
오클랜드 사람들의 피에는 농구가 녹아 있다.

나는 10년 가까이 오클랜드에 살고 있었지만, 솔직히 그 사실을 전혀 몰랐다.

모스우드 공원
OAKLAND RECREATION DEPARTMENT

아이반 랩과 **패리스 오스틴**은 드래건스의 스타다.
많은 오클랜드 사람들도 아이반과 패리스가 뛰어난 선수라고 생각한다.

패리스, 아이반, 양 선생님께 인사드려라.

안녕.

안녕 하십니까.

안녕 하세요.

수업에서 본 적이 없었기 때문에, 나는 두 사람을 잘 몰랐다.

인구 통계학적으로, 아이반과 패리스는 공통점이 많다.

- ☑ 아프리카계 미국인
- ☑ 농구 천재
- ☑ 오클랜드에서 자람
- ☑ 홀어머니 손에 자람

- ☑ 아프리카계 미국인
- ☑ 농구 천재
- ☑ 오클랜드에서 자람
- ☑ 홀어머니 손에 자람

하지만 인간이자 선수로서, 두 사람은 달라도 너무 달랐다.

208센티미터

178센티미터

아이반은 팀에서 키가 큰 편이다.

패리스는 팀에서 키가 제일 작다.

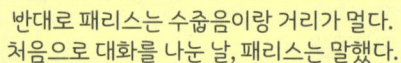

아이반과 패리스는 몬테라 공립 중학교에서 함께 운동했다.

그리고 가장 친한 친구가 되었다.

두 사람은 함께 비숍 오다우드 고등학교에 가기로 했다.

나는 유튜브로 아이반의 인터뷰 영상을 봤다.

공립 학교에서 사립 학교로 진학했던 게 커다란 전환점이었어요.

3장
비숍 오다우드 드래건스
VS.
데라살 스파르탄스

그날 저녁 늦게, 퍼거슨 사건의 판결이 나왔다.

3개월 전인 2014년 8월 9일, 무기가 없는 아프리카계 미국인 청년이 미주리주 퍼거슨의 백인 경찰이 쏜 총에 맞아 숨졌다.

피해자 이름은 마이클 브라운. 지금 4학년 학생들과 동갑이었다.

배심원단은 윌슨 경관을 기소하기에 상당한 근거가 부족하다고 판결을 내렸습니다.

전국의 도시마다 항의 시위가 벌어졌다.

경찰 만행을 규탄한다

흑인의 목숨도 소중하다

오클랜드도 마찬가지였다.

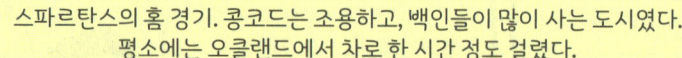

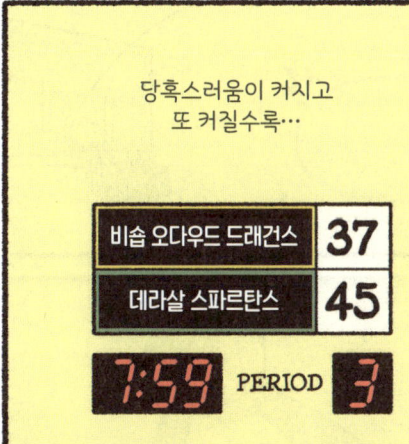

당혹스러움이 커지고
또 커질수록…

스파르탄스 팬들의 목소리는 더욱더 커졌다.

3쿼터가 시작되고, 지빈 산두는 상대 팀 팬들 앞에서 인바운드 패스를 해야 했다.

4장
펠프스 코치

농구가 생겨난 초기에는 전국 규모의 리그가 없었다. 경기는 규모가 작거나 지역적으로만 열렸다.

리그에 속하지 못한 팀도 많았다. 이런 팀들은 도시마다 돌아다니며 그 지역 팀에 도전장을 내밀었다.

관중을 끌어모으기 위해 인종을 내세우기도 했다.

뉴욕의 **하우스 오브 데이비드** 팀은 유대인처럼 보이려고 수염을 덥수룩하게 길렀다.

샌프란시스코의 **홍화교** 팀은 팀원들 대부분이 영어가 더 편했지만, 코트에서는 광둥어를 썼다.

快!快!快!

給球!

인종 색을 내세우기로 가장 유명한 팀은 **할렘 글로브트로터스**였다.

그들은 시카고 출신이었지만, 아프리카계 미국인이라는 점을 강조하기 위해서 구단주가 팀 이름에 '할렘'을 붙였다.

글로브트로터스는 눈부시게 활약했다.

비하인드 더 백 패스

그들은 코트 위에서 묘기하듯이 플레이하기로 유명했지만, 엔터테이너가 아닌 세계 최상급 선수들이었다.

그 가운데 **마르케스 헤인스**가 스타 플레이어였다. 키가 약 180센티미터로 코트에서 가장 작은 편에 속했지만, 상관없었다. 공을 다루는 기술이 굉장했기 때문이다.

마치 벌새가 날갯짓하듯이 공을 움직였다.

팡! 팡! 팡! 팡! 팡! 팡!

통! 통! 통!

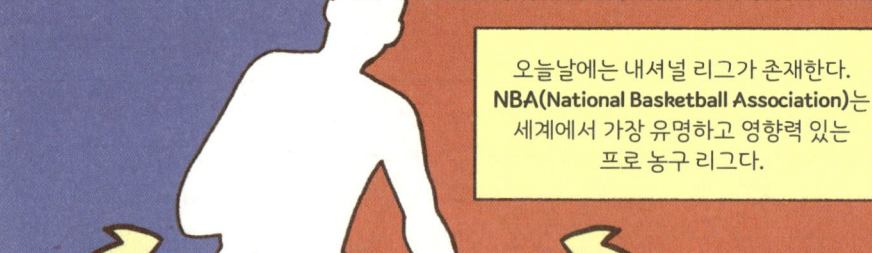

오늘날에는 내셔널 리그가 존재한다. **NBA(National Basketball Association)**는 세계에서 가장 유명하고 영향력 있는 프로 농구 리그다.

NBA는 1946년, BAA(Basketball Association of America)로 출발했다.

1949년, 라이벌이었던 NBL(National Basketball League)과 통합하면서 이름을 바꿨다.

초기 BAA에는 백인 선수들만 있었다.

필라델피아 워리어스
1946년
(지금의 골든 스테이트 워리어스)

사람들은 흑인과 백인을 한 코트에 넣으면
폭력이 일어날 거라고 생각했다.

그래도 할렘 글로브트로터스는 백인으로만 구성된 **미니애폴리스 레이커스**에 계속해서 도전장을 내밀었다.

레이커스는 도전을 받아들였고, 1948년 2월 19일, 경기장을 가득 채운 1만 8천여 명의 관중들 앞에서 두 팀이 맞붙었다.

!

레이커스가 리바운드 볼을 잡았고,

센터인 **조지 마이컨**에게 넘겨줬다.

슉!

키가 208센티미터인 마이컨은 이 코트에서뿐 아니라 리그를 통틀어 모두를 큰 키로 압도했다.

안경 때문에 얌전해 보이는 겉모습과는 달리 현란한 플레이로 '미스터 바스켓볼'이라는 별명도 얻었다.

조지 마이컨 덕분에 레이커스는 세계 최고의 팀이자 무적의 팀으로 인정받았다.

미니애폴리스 레이커스	2
할렘 글로브트로터스	0

미니애폴리스 레이커스	59
할렘 글로브트로터스	61

그날 밤에 글로브트로터스는 역사를 만들었다.
무적 팀을 이긴 것이다.

으...

흑인과 백인이 함께 어우러져 경기할 수
있다는 사실을 증명한 것 또한 의미가 컸다.

다음 날, 마르케스 헤인스는 병원에 찾아갔고,
척추뼈 가운데 하나가 골절됐다는 진단을 받았다.

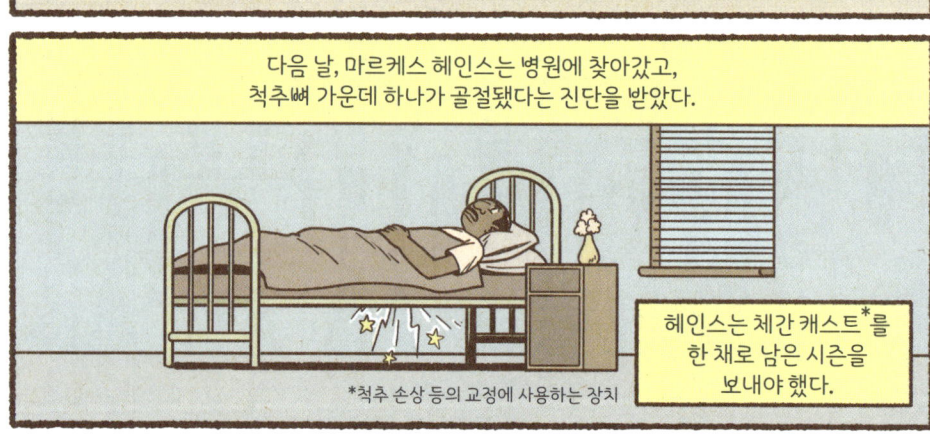

헤인스는 체간 캐스트*를
한 채로 남은 시즌을
보내야 했다.

*척추 손상 등의 교정에 사용하는 장치

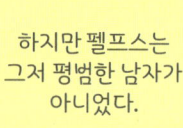

펠프스 코치에게는 코치 생활 내내 그를 괴롭힌
부정적인 소문이 하나 있었다.

바로 백인 선수를
편애한다는 소문이었다.

펠프스가 드래건스의 수석 코치로 부임한 초기에,
팀에는 **브라이언 쇼**라는 홀쭉한 선수가 있었다.

많은 사람이 쇼의 잠재력을 눈여겨봤지만, 펠프스는 단 한 번도
쇼를 경기에 내보내지 않았다. 쇼가 졸업반일 때도 마찬가지였다.

쇼는 대학 졸업 후 NBA 드래프트에서 전체 24순위로 선발되었다.

그리고 14년 동안 리그에서 활약했는데, NBA 선수들의 평균 기간보다 세 배는 길었다.

쇼가 거쳐 간 소속 팀도 일곱 팀이나 되었다.

쇼는 챔피언십 우승 반지 세 개를 가지고 은퇴했다.

고등학교 때 활약하지 못한 선수로서는 상당한 성과였다.

5장
비숍 고먼 게일스
VS.
비숍 오다우드 드래건스

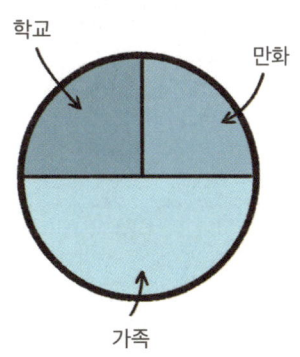

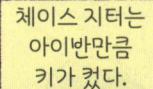

아! 패리스 오스틴이 패스를 허술하게 했군요!

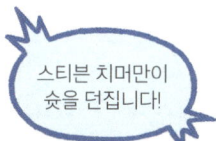

스티븐 치머만이 슛을 던집니다!

이러다 데라살이랑 했던 경기 꼴 나겠어.

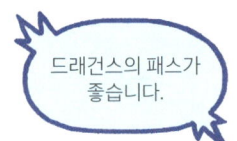

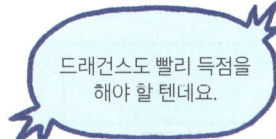
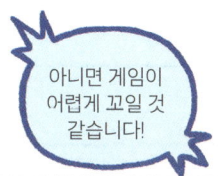

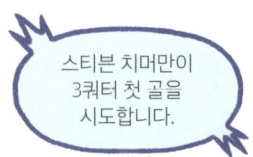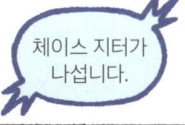

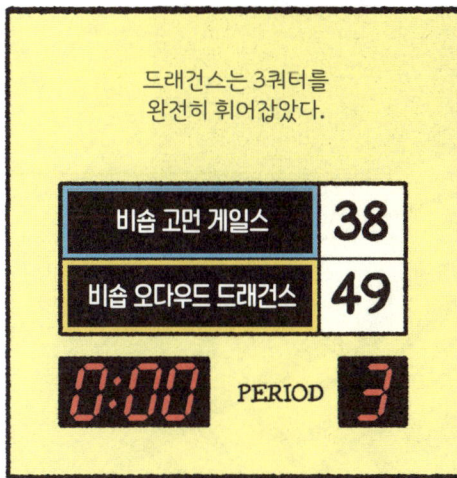

와아아아아!

와아아아아!

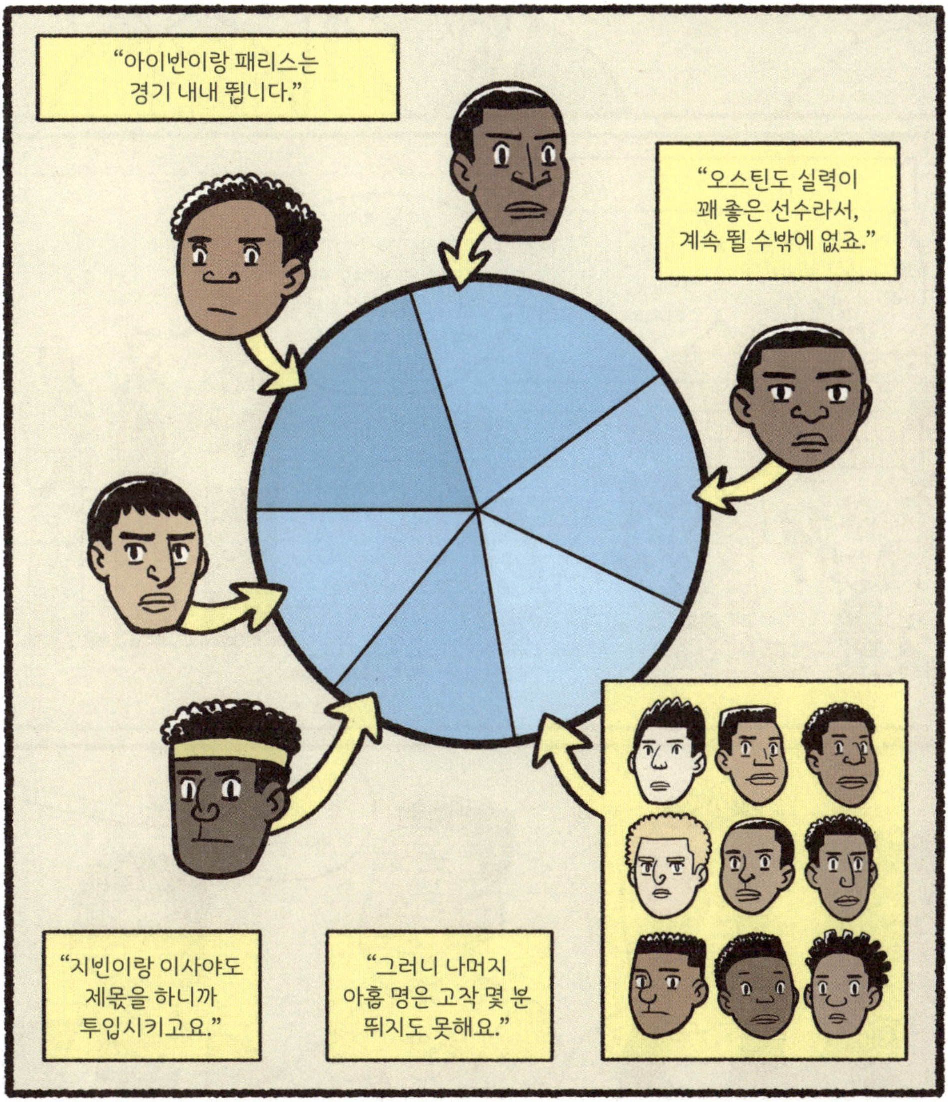

6장
오데라와 아린즈

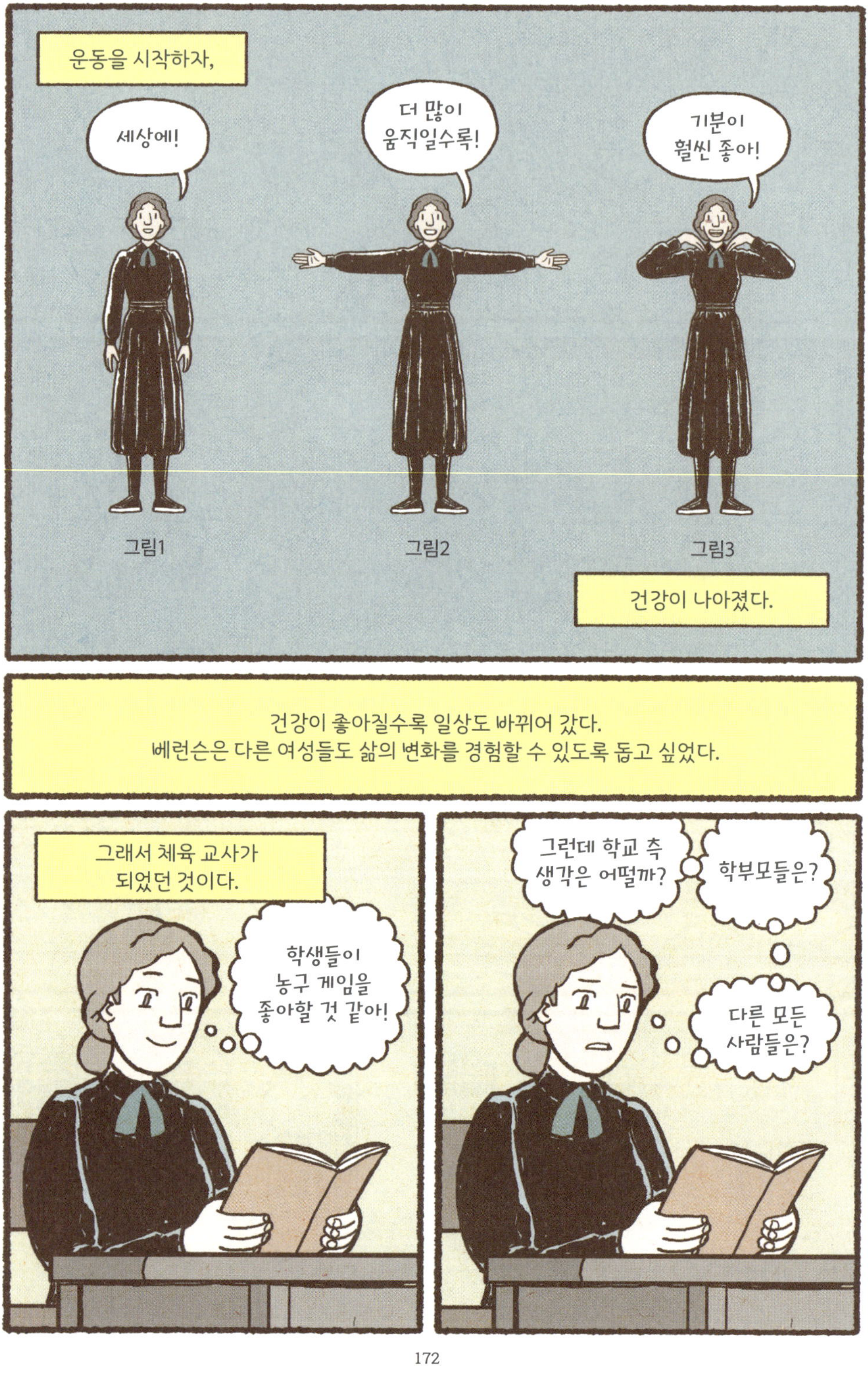

운동을 시작하자,

"세상에!"

"더 많이 움직일수록!"

"기분이 훨씬 좋아!"

그림1   그림2   그림3

건강이 나아졌다.

건강이 좋아질수록 일상도 바뀌어 갔다.
베런슨은 다른 여성들도 삶의 변화를 경험할 수 있도록 돕고 싶었다.

그래서 체육 교사가 되었던 것이다.

"학생들이 농구 게임을 좋아할 것 같아!"

"그런데 학교 측 생각은 어떨까?"
"학부모들은?"
"다른 모든 사람들은?"

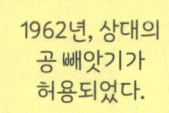

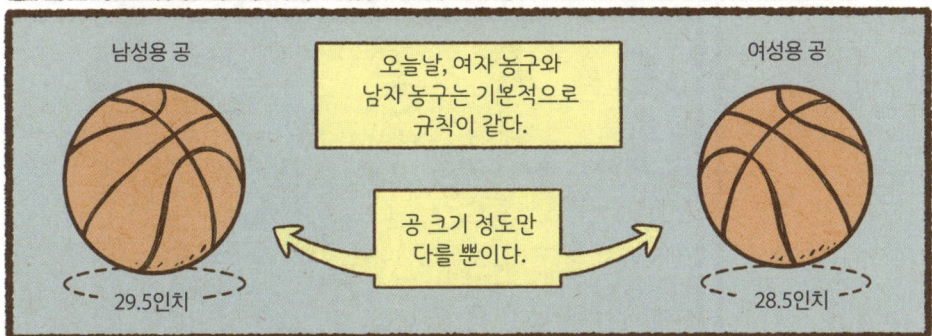

또 다른 차이는 관중의 규모다.

여자 농구의 관중이 훨씬 적은데, 그 이유에 대해서는 말들이 많다.

"여자 농구는 점수가 잘 안 나죠."
"아주 빠르게 뛰질 않아요."
"덩크 슛을 못 해요."
"여자들이 하는 스포츠는 별로 재미가 없어요."

정말로 득점과 달리기의 문제일까?

스포츠 칼럼니스트 **세라 스페인**은 야구를 예로 들어 그런 주장들을 반박했다. 리틀 야구 선수들은 점수를 많이 내지 못하고 프로 팀 선수들만큼 빨리 뛰지도 못하지만, 리틀 야구 리그 월드 시리즈에는 매년 수백만 관중이 모여들기 때문이다.

"말도 안 되는 주장들이죠."

그럼 **덩크 슛**은 어떨까?

1984년 12월 21일, 웨스트버지니아주 엘킨스에서 웨스트버지니아 대학교와 찰스턴 대학교의 농구 경기가 열렸다.

체육관에는 선수들과 코치진을 포함해 백 명 정도가 있었다.

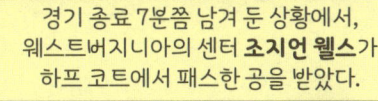

경기 종료 7분쯤 남겨 둔 상황에서, 웨스트버지니아의 센터 **조지언 웰스**가 하프 코트에서 패스한 공을 받았다.

2미터 장신인 웰스는 수년간의 훈련 끝에 공을 림 위까지 가져갈 수 있었다.

손이 닿는 범위를 생각하면 **슬램 덩크**도 가능했다.

탁!

대학 농구 역사상 여성이 쏘아 올린 최초의 덩크 슛이었다.

와아야야야야!

이전보다 100배는 더 큰 관중들의 환호성이
몇 분 동안 이어졌다.

그러나 정작 그 장면을 카메라에 담은 것은
웨스트버지니아 팀이 아니라 찰스턴 팀의 영상 담당자였다.

역사적인 장면이라고, 버드!

키티, 그 테이프는 절대 줄 수 없어!

웨스트버지니아의 키티 볼레이크모어 코치는 찰스턴의 버드 프랜시스 코치에게 전화를 걸었다.

키티 볼레이크모어와 미디어 측이 계속해서 테이프를 요청했지만, 버드 프랜시스는 끝내 내놓지 않았다.

자존심에 상처를 입고 싶지 않았던 것이다.

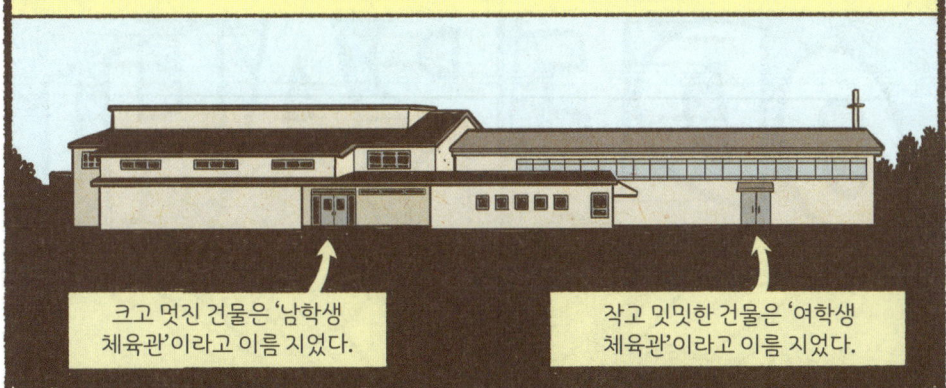

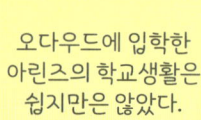

흔하지 않은 일이었다.

주로 신입생과 2학년이 2군 팀에서 뛰기 때문이다.

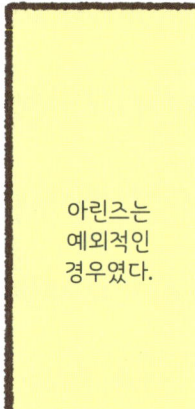

아린즈는 예외적인 경우였다.

다행스럽게도, 아린즈만 예외인 것은 아니었다.

두 사람은 수업 전에 2군 팀 훈련을 받았고,

7장
비숍 오다우드 드래건스 VS. 몬트버드 이글스

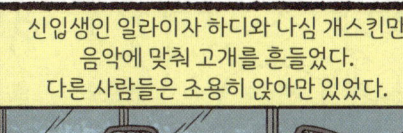

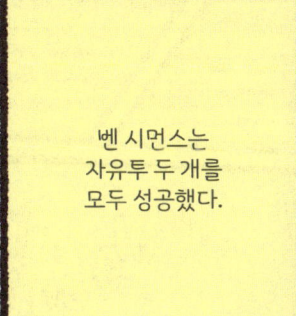

벤 시먼스는
자유투 두 개를
모두 성공했다.

1쿼터는 동점으로 끝났다.

비숍 오다우드 드래건스	17
몬트버드 이글스	17

0:00 PERIOD 1

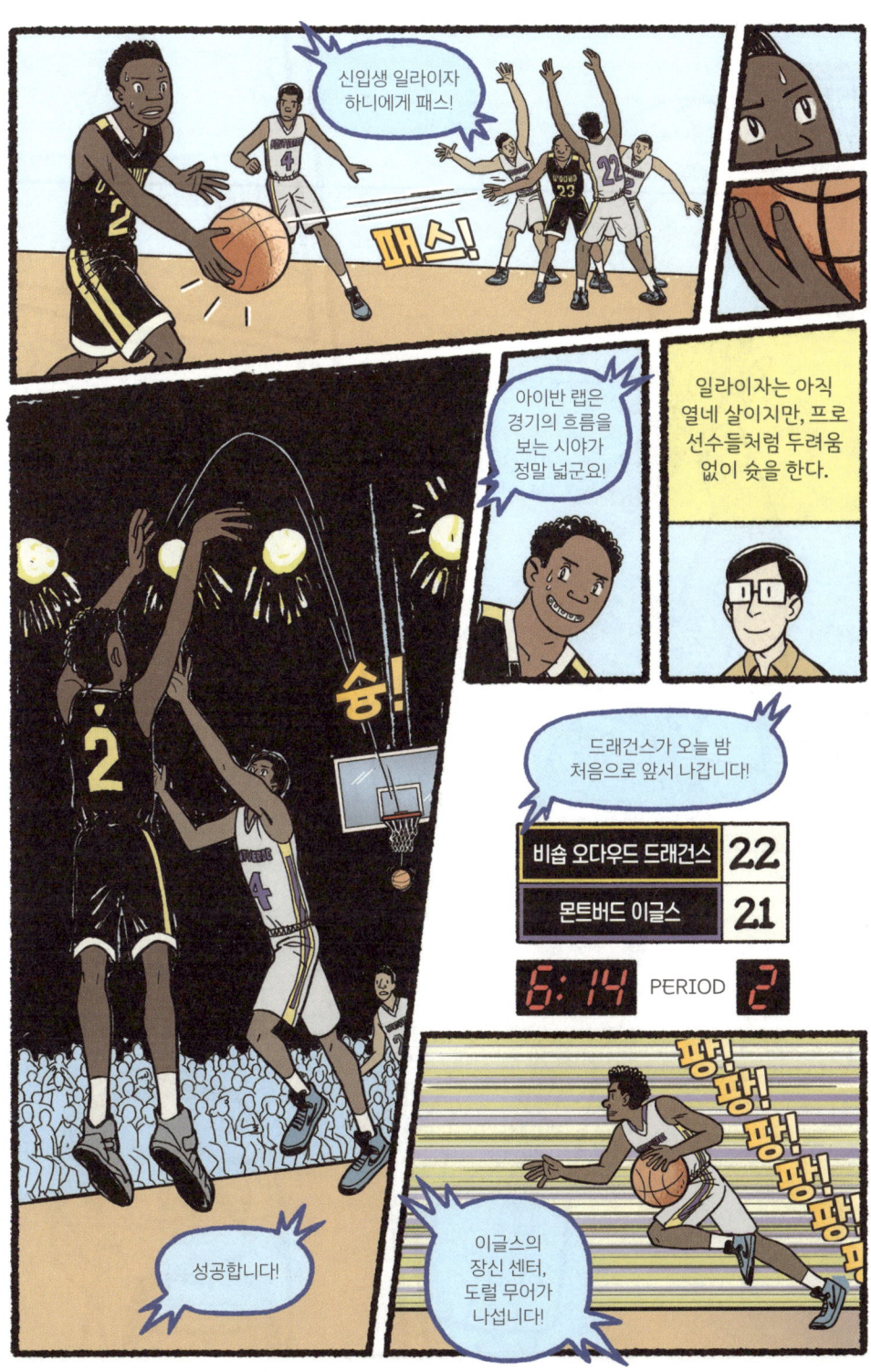

이글스의 인바운드 패스!

가로채기!

와! 아이반 랩이 튀어나옵니다!

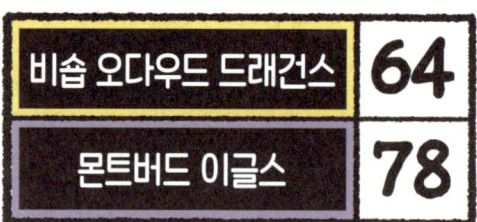

제8장
지빈

1800년대 중반부터 1900년대 초까지, 유럽인 수백만 명이 미국으로 이주했다.
그 가운데 상당수가 아일랜드, 이탈리아, 폴란드, 크로아티아와 같은 로마 가톨릭 국가에서 왔다.

일부 미국인들은 이주민들 때문에 나라가 엉망이 될 거라면서 노골적인 거부감을 드러냈다.

"이민을 통제하지 못하면 무정부주의자, 사회주의자, 마피아 같은 악마들로 골머리를 썩게 될 거요!"

폴란드 부랑자 / 독일 사회주의자 / 이탈리아 도둑 / 아일랜드 빈민

1891년 정치 풍자만화 〈where the blame lies〉에 이런 내용이 나온다.

이주민의 자녀를 공립 학교에 보내서 '제대로 된' 미국인으로 자라도록 가르쳐야 한다는 주장도 있었다.

종교와 문화를 잃고 싶지 않았던 가톨릭교도들은 자신들만의 교육 시스템을 만들었다. 거기에는 유치원부터 대학 과정까지 포함되어 있었다.

초기 가톨릭 학교는 그들이 봉사하는 지역 사회만큼이나 가난했다.

공립 학교나 개신교만큼 자원이 충분하지 않았기 때문에, 체육 수업을 할 때도 많은 장비나 잔디가 필요 없는 운동을 해야 했다.

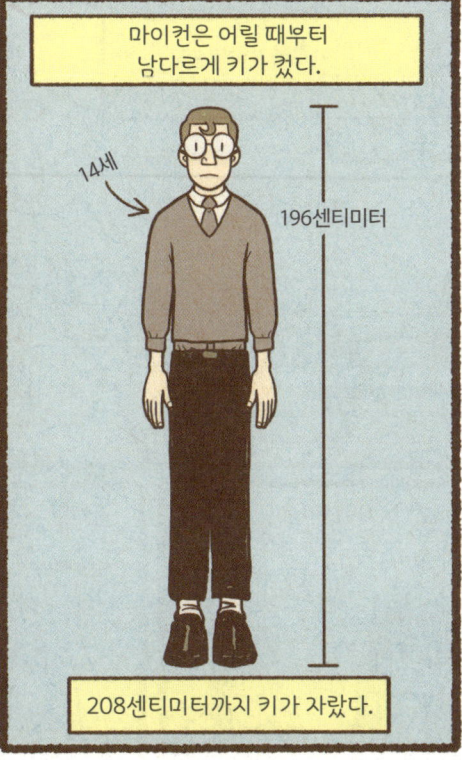

마이컨이 나타나기 전까지, 사람들은 바스켓을 향해 포물선을 그리며 떨어지는 공을 막아 내는 **골텐딩**이 물리적으로 불가능하다고 생각했다.

이게 무슨...?

마이컨은 와일드캐츠의 슛을
열 개 이상 막아 냈다.

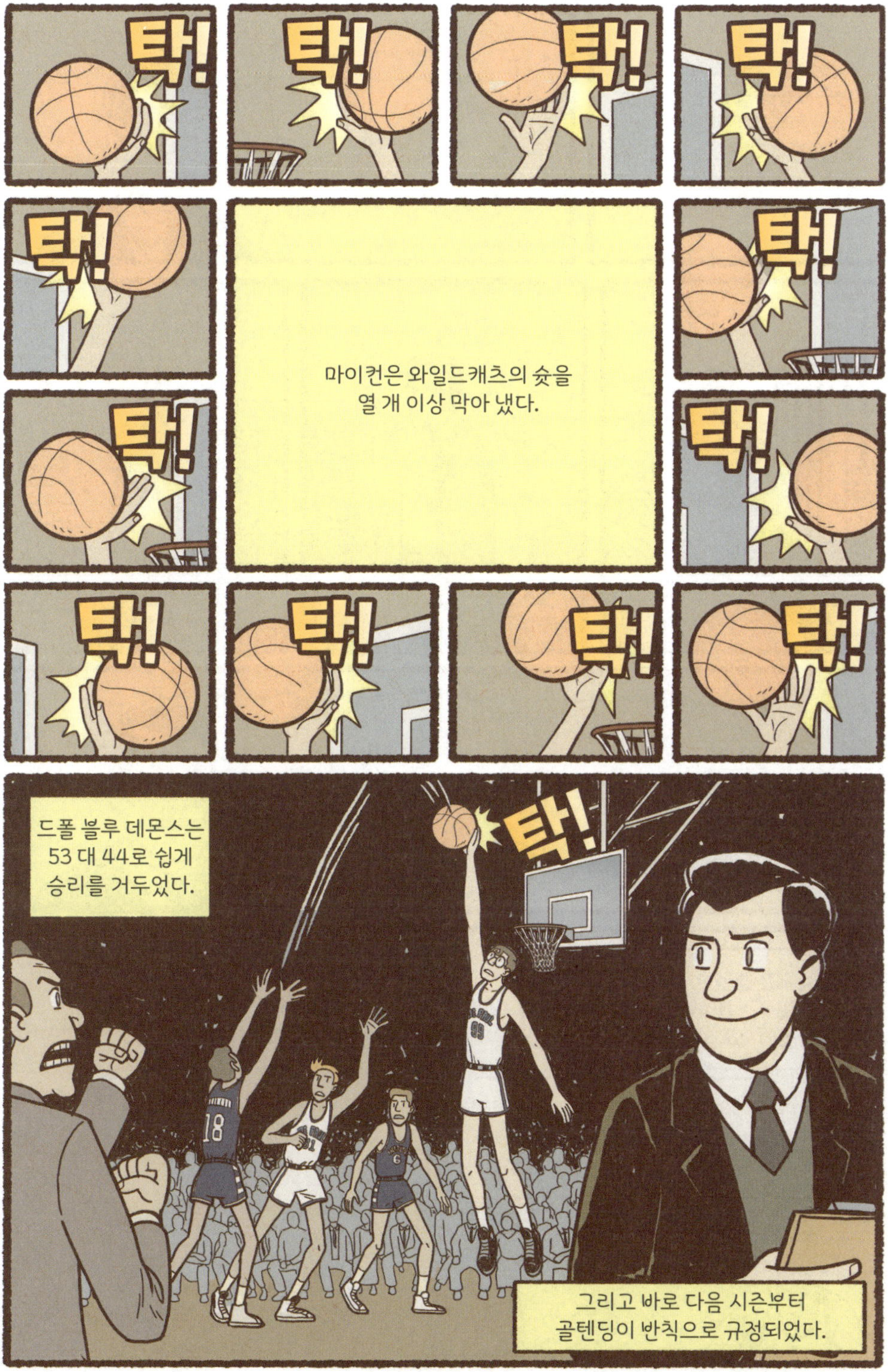

드폴 블루 데몬스는 53 대 44로 쉽게 승리를 거두었다.

그리고 바로 다음 시즌부터 골텐딩이 반칙으로 규정되었다.

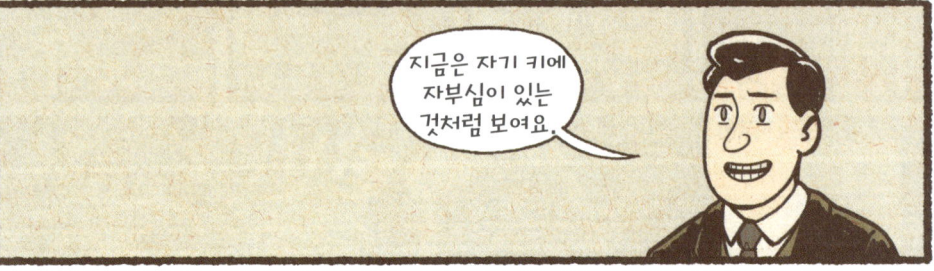

여러 슈퍼스타가 등장하면서 마이컨의 이름이 희미해지긴 했지만, 그는 절대로 사람들에게서 잊히지 않을 것이다.

마이컨이 사망한 2005년, 그의 가족은 힘든 시기를 겪고 있었다. 그때 레이커스의 슈퍼스타 **샤킬 오닐**이 마이컨의 장례비를 냈다.

등 번호 99번이 없었다면 오늘의 나는 없었을 겁니다.

예비 사제였던 마이컨은 코트에서 농구와 교회의 공통점을 발견했을지도 모른다.

실내 체육관은 성전과 비슷하다.

높이 매달린 현수막들은 마치 스테인드글라스처럼 과거의 위업을 떠올리게 한다.

그리고 모든 일은 의식에 따라 진행된다.

개회 찬송을 하듯이, 경기를 시작할 때는 국가가 나온다.

중간에 설교처럼 격려의 말을 하기도 한다.

경기가 끝나면 평화를 상징하듯 악수를 나눈다.

선수들은 종종 자신만의 의식을 만들어 내기도 한다.

마이컨은 자유투를 하기 전에 성호를 긋곤 했다.

종교 의식처럼, 코트 위에서 치르는 의식은 선수의 마음을 차분하게 하고 집중도를 높인다.

아이반 랩 또한 자유투를 하기 전에 자신만의 의식을 치른다.

효과는 있어 보였다.
실수가 거의 없었기 때문이다.

15세기 인도에서 구루 나나크라는 사람이 창시한 시크교는 세계에서 아홉 번째로 큰 종교다. 시크교의 대표적인 교리는 이렇다.

세상에 신은 단 한 분입니다. 진리가 그의 이름이고, 창조가 그의 인격이며, 불멸이 그의 형상입니다.

유일신 사상.

모두가 평등하다고 믿는 사람이야말로 진정으로 종교적인 사람입니다.

모든 인류가 평등하다는 믿음.

시크교도는 '5K'를 착용해야 한다.

케시 (Kesh)	캉하 (Kangha)	카라 (Kara)	카체라 (Kachera)	키르판 (Kirpan)
머리카락을 자르지 않고 터번을 둘러 가리는 것으로, 정신적인 헌신을 상징한다.	나무 빗으로, 하루에 두 번 사용하며 정돈된 삶을 상징한다.	쇠로 만든 팔찌로, 신중한 행동을 상징한다.	속바지로, 자존심을 상징한다.	단검으로, 약자에 대한 보호를 상징한다.

시크교도 대부분은 5K 가운데 적어도 하나는 지녀야 하며, 암리트를 받은 시크교도는 다섯 가지를 반드시 지녀야 한다. 암리트는 세례와 비슷한 의식이다.

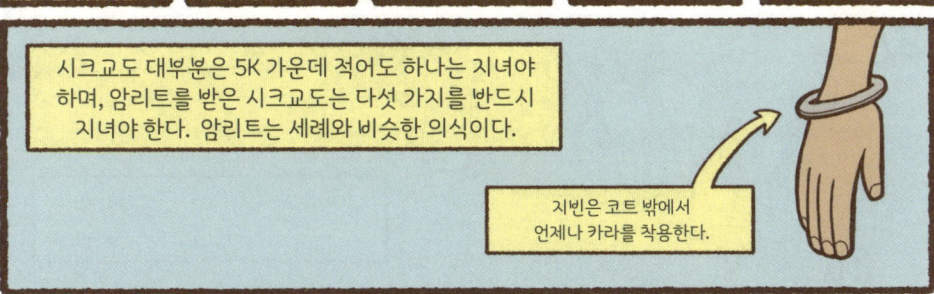

지빈은 코트 밖에서 언제나 카라를 착용한다.

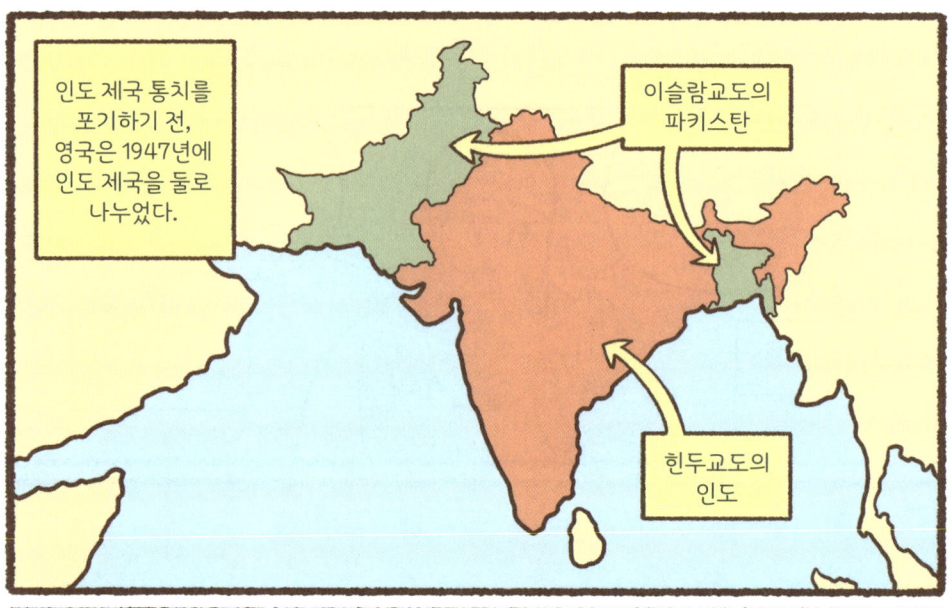

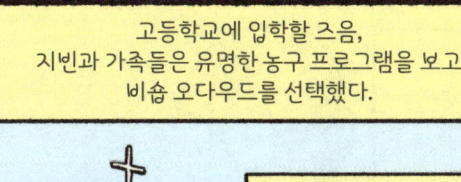

9장
비숍 오다우드 드래건스
vs.
웨인즈빌 타이거스

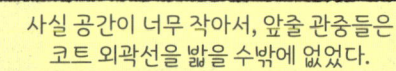

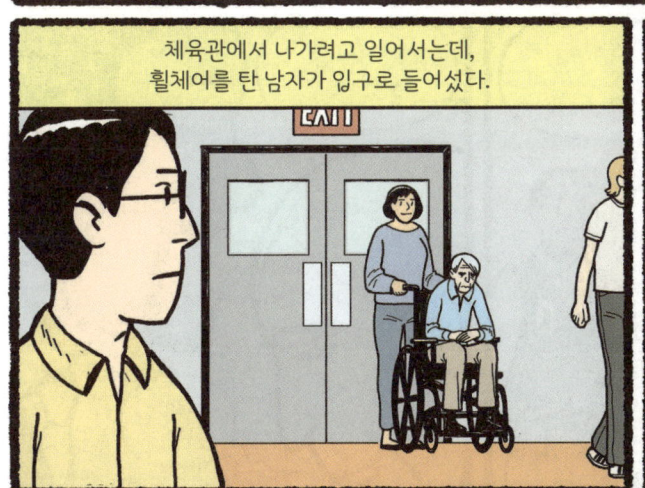

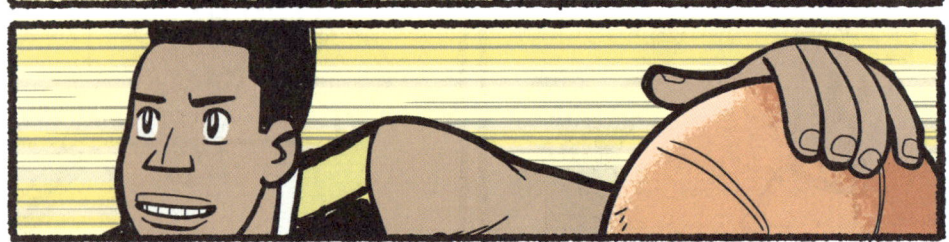

제10장
앨릭스

1800년대는 중국에 있어 굴욕적인 시대였다.

한 세기 동안 이어진 전쟁과 자연재해가 한 나라를 붕괴 직전까지 몰아갔다.

중국인들에게는 돌파구가 필요했다.

YMCA 선교사들이 해결책을 제시했다. 1985년에 중국 북동부에 있는 항구 도시, 톈진에 체육관을 지은 것이다.

여러분, 제 말을 잘 들으세요.*

*중국어를 번역한 말.

건강한 신체가 건강한 나라를 만듭니다!

강력한 군사력을 앞세워 중국으로 쳐들어온 외국인들은 키가 크고 잘 먹어서 덩치도 좋았다. 그래서 선교사의 말을 부인하기가 힘들었다.

이 운동으로 신체 단련을 해보세요. 몇 년 전에 우리 학교 강사가 만들어 낸 겁니다.

'농구'라고 이름 붙였죠.

293

그리고 다른 세계의 농구가 자신들의 농구와 얼마나 다른지 바로 깨달을 수 있었다.

슬램덩크!

1995년에 중국 정부는 CBA(Chinese Basketball Association)를 만들었다. 미국식 농구를 도입하는 것이 목표였지만, CBA는 여전히 오래된 소비에트식 체육 시스템을 따르고 있었다.

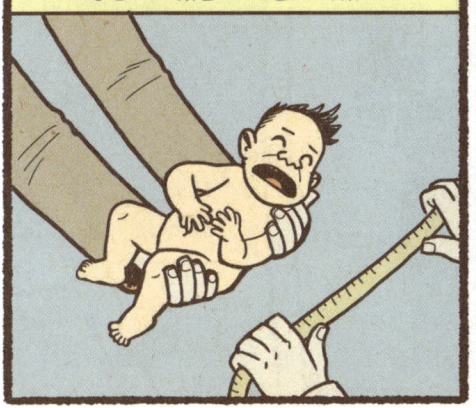

중국 체육국에서는 영아의 신체를 측정해서 성인이 되었을 때 키를 예측했다.

자라나는 아이들을 모니터링하면서, 잠재력이 보이는 아이들에게 농구 특성화 학교를 추천하기도 했다.

농구 특성화 학교들은 CBA 청소년 팀과 이어져 있었고,

청소년 팀은 스무 개의 CBA 프로 팀과 연결됐다.

중국은 CBA 선수가 미국 NBA에서 뛸 만큼 역량을 갖추는 날을 기대했다.

그냥 뛰는 것이 아니라, 맹활약을 펼치는 날을.

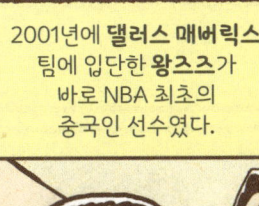

초반에는 사람들의 예상이 맞는 듯했다.

야오밍은 미국에 도착한 지 열흘 만에 데뷔전을 치렀다. 상대 팀은 **인디애나 페이서스**였다.

팡! 팡! 팡!

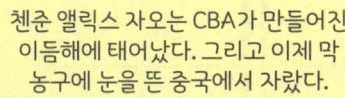

첸준 앨릭스 자오는 CBA가 만들어진 이듬해에 태어났다. 그리고 이제 막 농구에 눈을 뜬 중국에서 자랐다.

"초등학교 때 농구를 시작했어요. 사실 운동장에서 할 만한 게 농구밖에 없었죠."

"다같이 공을 들고 달리기만 했어요. 드리블도 안 하고요."

"백보드에는 림 없이 사각형만 그려져 있었어요."

"사각형을 맞히면 득점하는 거죠."

"자랄수록 장비들이 점점 더 좋아졌어요."

"열 살쯤에 림이 생겼고요."

"경기장은 없었지만, 림은 있었어요."

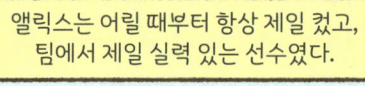

"전국 최고 선수가 말이에요!"

슬램덩크!

"다른 선수들도 전부 실력이 좋았어요."

그곳이야말로 늘 꿈꾸던 미국 농구를 할 수 있는 곳이었다. 하지만…

망했다.

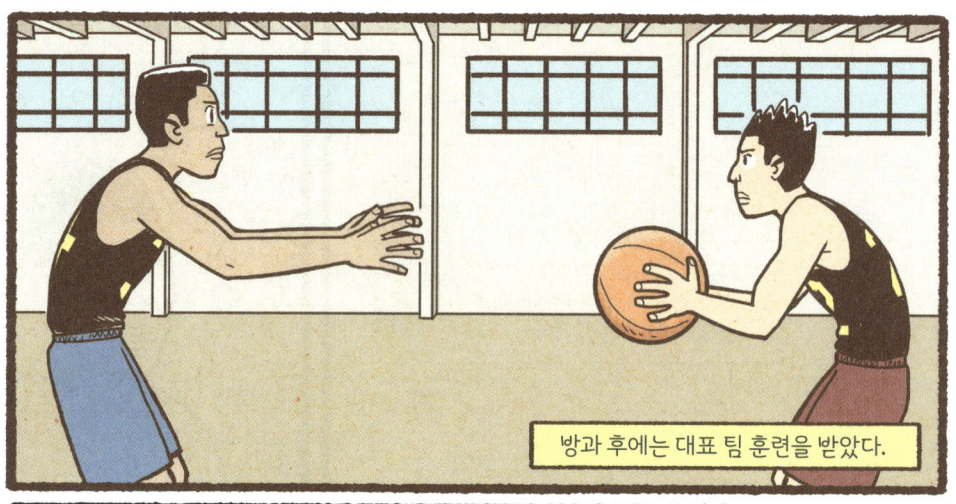

그리고 앨릭스에게는 미국 프로 농구 선수로서 가능성이 있는지 확인할 첫 번째 기회였다.

시즌 직전에 체육관에서 연습할 때였다. 앨릭스와 웨스턴이 리바운드 볼을 향해 동시에 튀어 올랐다.

퍽!

콰당!

11장
모로 가톨릭 매리너스
VS.
비숍 오다우드 드래건스

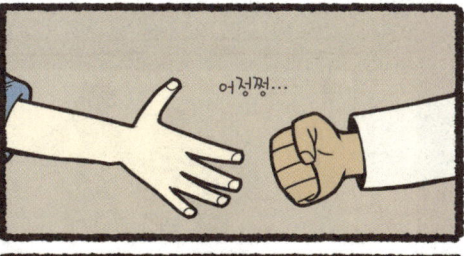
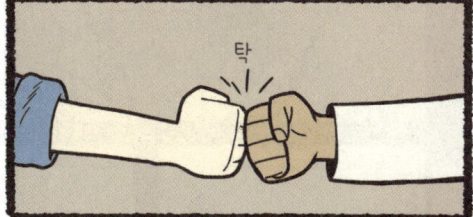

내 뒤쪽에 앉은 아이들은 경기 내내 조롱과 욕설을 퍼부었다.
경기 자체에는 큰 관심이 없는 듯했다.

토너먼트 때 관중들과는 다르게,
저 친구들의 욕은 그래도 좀 더 정확했다.
베이징은 중국의 수도이자 앨릭스의 고향이다.
지빈 가족들의 고향인 펀자브는 그 일부가 인도에 속해 있다.

그래서 카스트로 밸리의
인종 차별은
썩 인상 깊지 않았다.

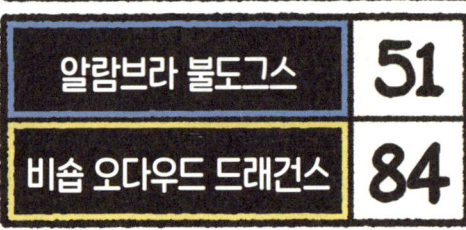

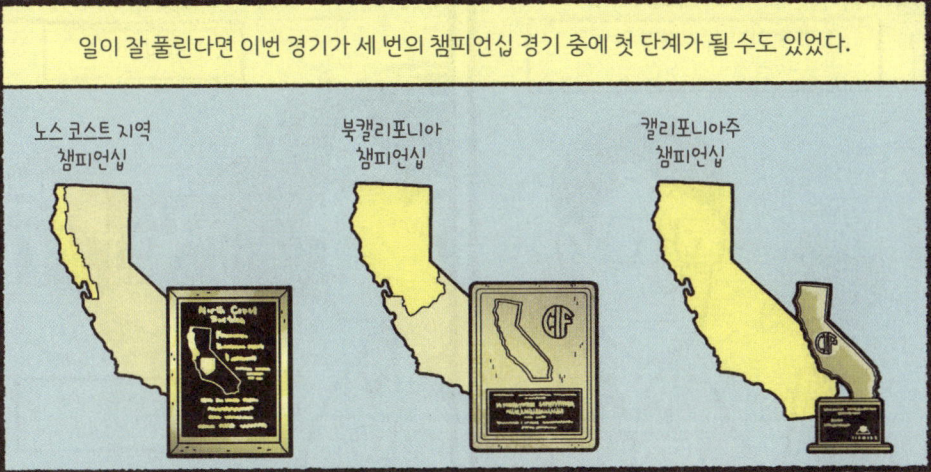

아이반과 패리스가 하는 얘기를 관중석에서 들을 수는 없었지만, 서로 감정이 상한 듯 보였다.

양 팀 모두 자유투를 던졌다.

제12장
오스틴

그 일이 있은 뒤, 오스틴은 한 달 동안 벤치 신세였다.
미주리주에서 열린 토너먼트 경기에도 출전하지 못했다.

어쩌면 실수하지 않으면 이긴다는 말은 틀렸을지도 모른다.

다음 발걸음을 내디딜 수 있는 용기를 가지는 게 더 중요하지 않을까.

실수할지도 모르는 위험을 무릅쓰고서 말이다.

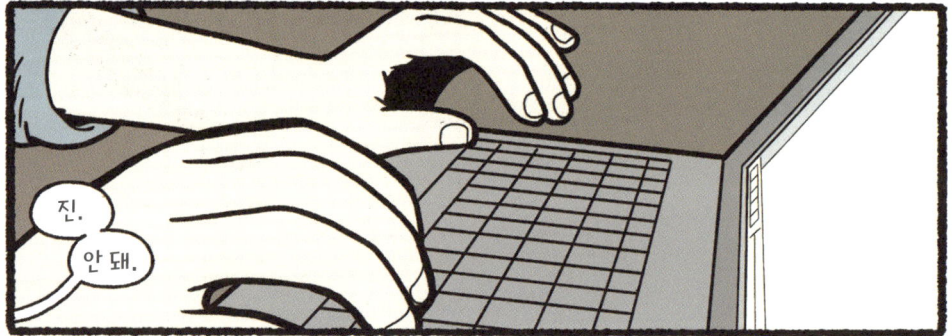

진.
안 돼.

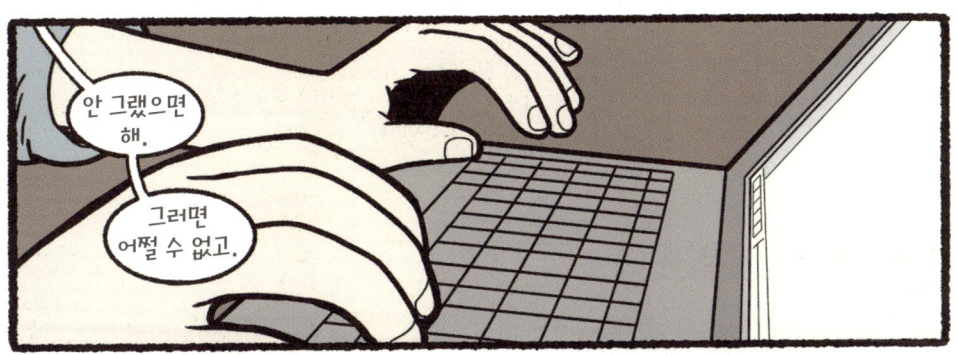

마이크 펠프스는 캘리포니아 역사상 최다 우승을 기록한 농구 코치가 되기 직전에 고발당했다. 1960년대에 학생을 성추행했다는 혐의였다.

고소한 사람은 익명으로 남기로 했다.

학교는 발칵 뒤집혔다.

사건이 일어났을 당시에 펠프스 코치는 스무 살로, 코치 일을 막 시작했을 때였다.

펠프스는 자신이 결백하다고 주장했다. 할 말이 있냐고 물을 때면, "사실이 아닙니다. 사실이 아닌데 내가 무슨 말을 할 수 있겠습니까?" 라고 말했다.

루를 포함한 코치들이 그를 만나기 훨씬 전에 있었던 일이었다.

1980년대 초반에는 로마 가톨릭 교육 기관에서 끔찍한 아동 성추행을 묵인하고 심지어 감추려 한다는 기사들이 쏟아지기도 했다.

내가 아는 한, 비숍 오다우드에서는 상황을 심각하게 받아들였다. 교사들과 직원들 모두 지문 채취와 조사, 정기적인 교육을 받았다.

하지만 판결은 나지 않았다. 다른 증인도 나타나지 않았다.

2003년 6월, 대법원에서는 공소 시효가 지난 성범죄 관련 기소를 모두 무효화했다.

마이크 펠프스 고소 건 또한 기각되었다.

그래도 비숍 오다우드 고등학교에서는 펠프스를 복귀시키지 않았다.

그 모든 상황에 먹구름처럼 드리운 불확실함은 가시지 않은 채 남아 있다.

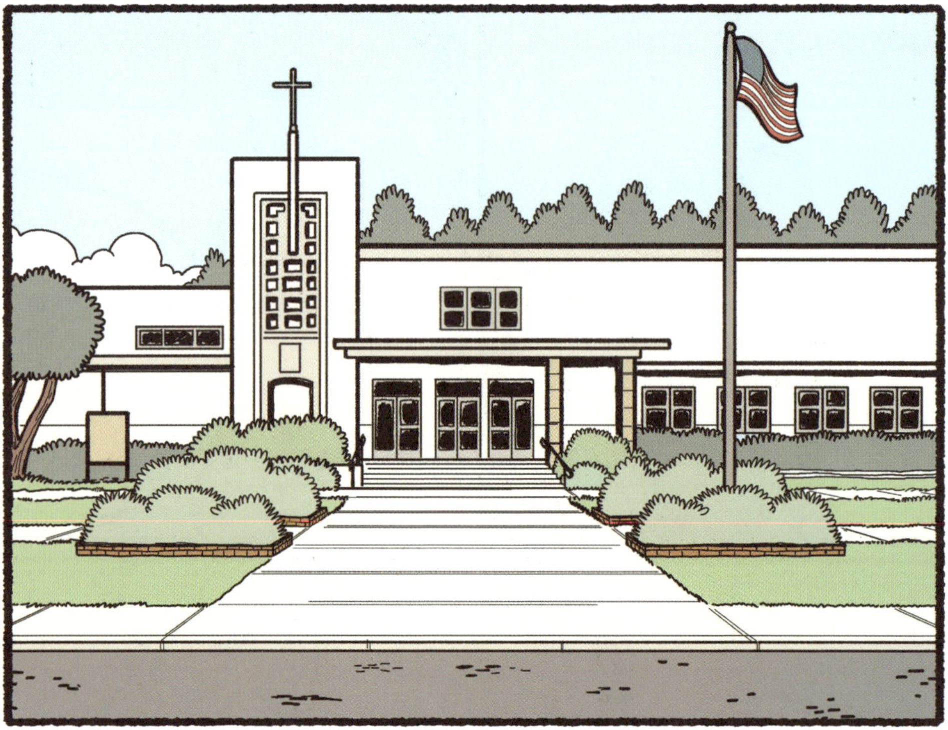

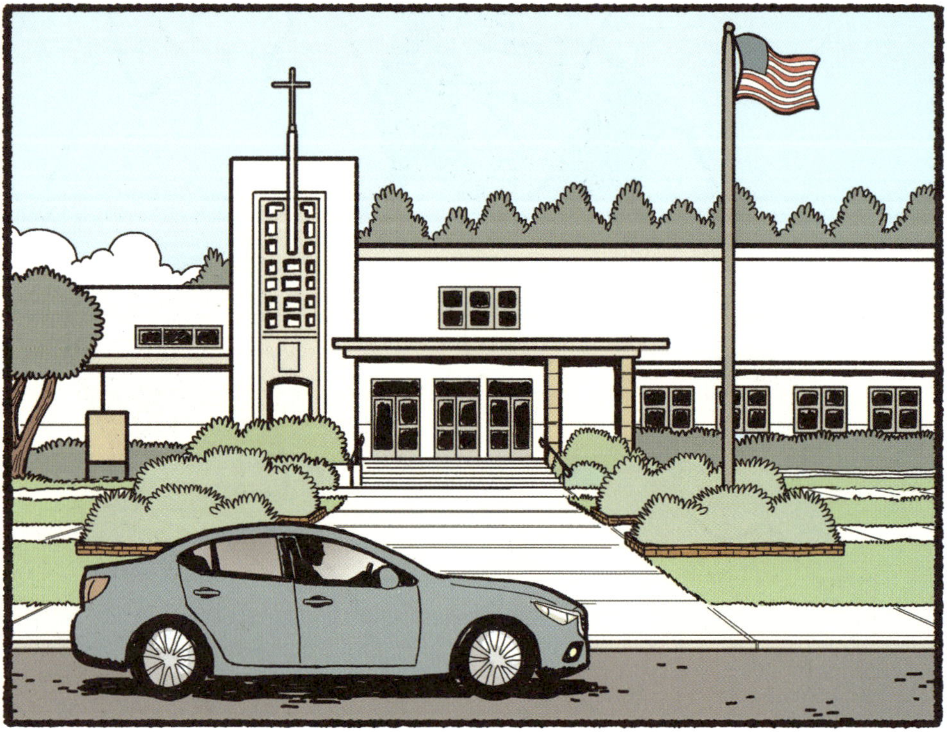

13장
마터 데이 모나츠
VS.
비숍 오다우드 드래건스

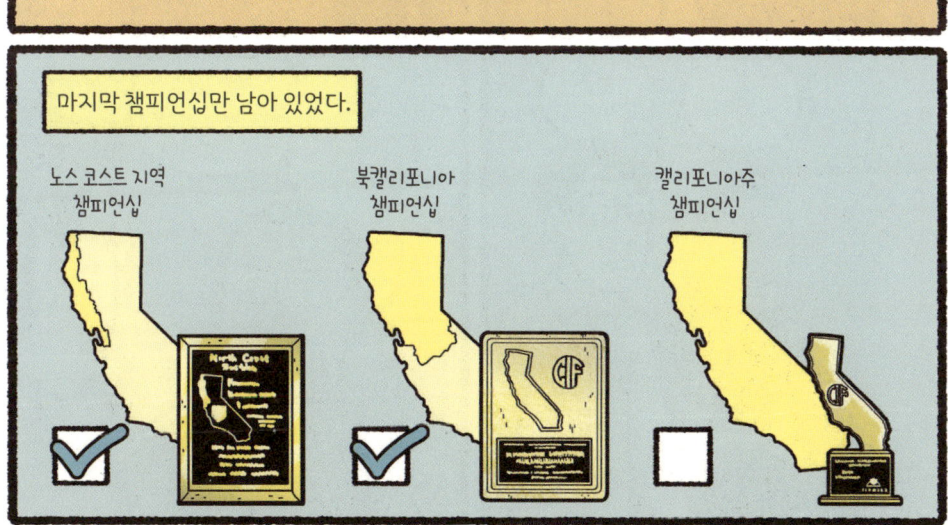

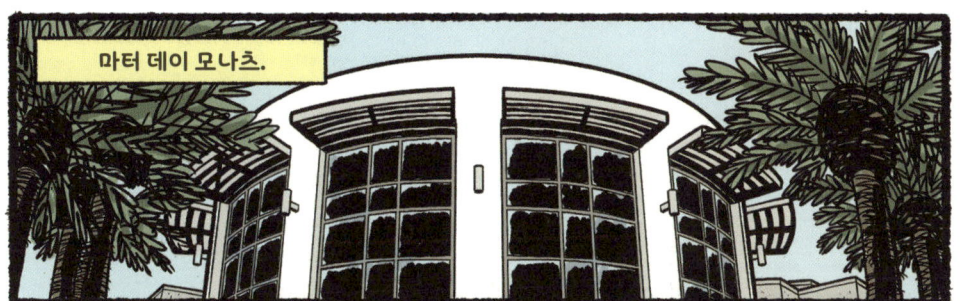

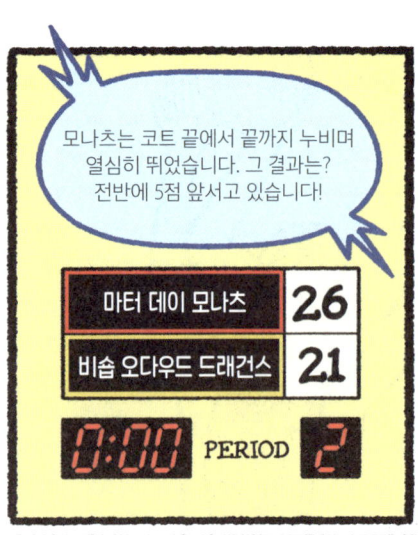

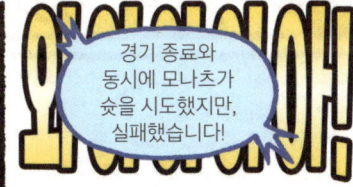

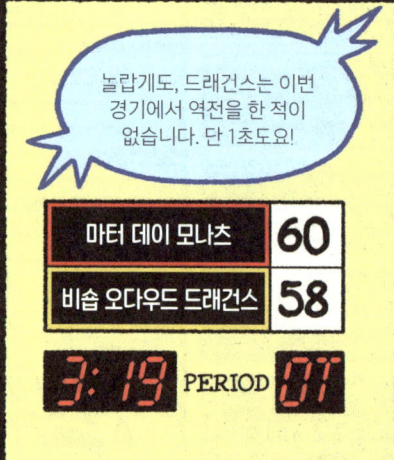

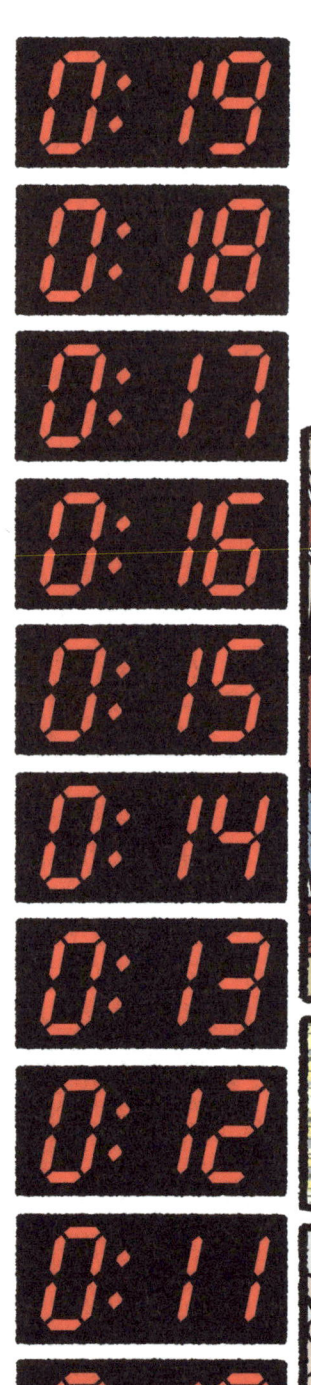

나는 흘낏 오스틴 워커를 보았다.
자기 자신에 대해 잘 알고 있고, 언제나 느긋하던 그 아이를.

뚜벅

에필로그
진

참고

숫자는 순서대로 쪽 번호와 칸을 나타냅니다.

프롤로그

6.2.   내가 들고 있는 그래픽 노블은 『복서와 성인Boxers & Saints』으로, 2013년에 출간했으며 완성하는 데 6년이나 걸렸다.(혹시 궁금해하는 사람이 있을까 봐 밝혀 둔다.) 또한, 내 아이들은 그 책에 등장하는 심프슨스와 나이가 같다. 2013년에 이 페이지를 그렸고, 그때 우리 막내는 한 살이었다. 막내는 1년 6개월 뒤에야 걷고 말할 수 있었다. 그러니까 막내와의 대화는 대부분 1년 6개월 뒤에 있었던 일이다. 이 책에서 아이들의 나이를 늘 같게 설정한 것은 만화의 일관성을 위해서다. 그래야 더 편하게 내용을 이해할 거라고 생각했다.

    이 특별한 장면에는 새 책이 나올 때마다 우리 집에서 벌어지는 풍경을 담았다. "아이들이 당신이 하는 일에 관심 있나요?"와 같은 질문을 가끔 받는데, 내 대답은 늘 똑같다. "딱 세 살까지요."

7.2.   에린과 토드는 교직 생활 초반에 만난 학생들이다. 여기 등장시킨 이유는, 처음 내 이름으로 별명을 만든 학생들이기 때문이다. 그 후로 내가 학교를 떠날 때까지 내 별명 만들기는 계속됐다.

13.3.   오다우드 복도에서 우연히 대화를 듣고 농구에 관심이 간 것처럼 프롤로그를 그렸지만, 실제로는 다른 이유들도 있었다. 아들이 학교 농구 팀에 들어갔고, 최근에 농구 관련 책과 그래픽 노블을 몇 권 읽었으며, 제러미 린이 인종차별을 극복하고 맹활약을 펼친 것이 이유라면 이유겠다. 하지만 당시 복도에서 경험한 에너지는 분명히 큰 자극이 되었다.

1장

17.1.   메모할 때는 아이폰 말고 랩톱 컴퓨터를 사용하기도 한다. 이 책에서는 랩톱 컴퓨터로 메모하는 나를 그리지 않았다.(나는 한 팔로 랩톱 컴퓨터를 안고 다른 팔로 타이핑하는데, 그 모습은 꽤 멍청해 보인다.)

17.3.   사실 자료실에서 찾은 것은 루가 2학년 때 찍은 앨범이었다. 나는 2학년 때 루의 사진과 루의 설명을 바탕으로 신입생 루를 그렸다. 다음 페이지에서 루를 신입생으로 설정해서 스토리를 시작하기 때문이다.

19.5.   스파이크 리는 자신의 영화 〈그녀는 그것을 좋아해She's Gotta Have It〉에서 '마스 블래크먼'이라는 캐릭터로 등장했다. 영화는 1986년 여름, 루가 2학년이 되기 직전에 나왔다. 나이키는 리와 함께 일을 시작했고, 리는 1987년에 마이클 조던과 이 유명한 광고를 찍었다.

    이 칸에서 묘사한 광고는 1991년 에어 조던 5 광고로, 당연히 루가 비숍 오다우드를 졸업한 뒤의 일이다. 여기에 그린 것은 그만큼 상징적이기 때문이다. 어렸을 때 농구를 좋아하지는 않았지만, 광고는 또렷이 기억한다. 이 광고는 유튜브에서 찾아볼 수 있다.

20.4.   이 장면은 1988년 에어 조던 3 광고 포스터이다. 그해 루의 팀은 캘리포니아주 챔피언십 경기에 진출했다.

25.1.   실제로, 드래건스는 경기할 때 웜업 슈트를 입었다. 옷을 바꿔서 그린 이유는 웜업 슈트가 볼링복처럼 보였고, 이왕이면 번호로 선수들을 알아봤으면 했기 때문이다. 다른 경기에서도 마찬가지로

옷을 바꿔서 그렸다.

또한 팀 슈즈는 컨버스였다. 다만 정확히 어떤 모델인지 알 수 없었기에, 1980년대에 출시된 'Cons ERX-300' 모델로 그렸다. 만화스럽게 그렸기 때문에 독자 여러분은 알아보지 못할 가능성이 크다. 루는 이 책에서도, 실생활에서도 조던 3을 신었다. 그게 가능했던 이유는 루가 문자로 알려 줬듯이 '다행스럽게도 코치가 알아채지 못했기 때문'이다.

26.1. 실제 아나운서는 제프 위처와 브래드 홀랜드였다. 만화의 의도를 분명하게 하고 긴장감을 높이기 위해서 말하는 내용을 수정하고, 이름도 바꾸었다. 이 책에 등장하는 모든 경기에서 아나운서가 하는 말을 대부분 바꾸긴 했지만, 몇 부분에서는 아나운서의 말을 그대로 옮겨 적기도 했다. 만화의 플롯에 중요하다고 생각되는 부분들에서는 그대로 적었는데, 각 참고 페이지에 적어 두었다.

26.3. 1982년 캘리포니아주 챔피언십 플레이오프 경기 시스템을 개편하기 전에, 비숍 오다우드 드래건스는 한 번 우승한 적이 있다. 이전 시스템에서 드래건스는 또 다른 북부 캘리포니아 팀과 결승전을 치렀다. 이 책에서는 극적인 효과를 위해 1982년 이후의 얘기만 다루었다. 하지만 이 칸에 언급했듯이, 남부 캘리포니아 팀들이 항상 드래건스를 이겼다는 것은 분명한 사실이다. 펠프스 코치도 남부 팀과의 경기에서 이긴 적은 없었다.

31.3. 실제로 웨인 윌리엄스가 덩크 슛을 한 건 아니다. 하프타임 이후로 두 차례 멋진 경기를 펼쳤지만, 두 번 다 골밑슛이었다. 덩크 슛으로 그린 이유는 그의 활약을 이미지 하나로 압축해야 했기 때문이다. 토일러스는 3쿼터에서 15 대 0까지 치고 나갔다. 골의 성격을 바꾼 것은 이 책에서 이 한 번뿐이다. 다른 모든 덩크 슛 장면은 시각적인 과장이 있긴 해도 모두 진짜다.(만화 팬들이 뭐라고 하든, 속도감을 표현하는 선이 현실일 리는 없다.)

48.2. 2011년, 비숍 오다우드는 디비전3 결승전에서 루서런 트로얀스에게 패배했다. 같은 해 마터 데이 모나츠는 디비전1에서 연속 우승 행진을 시작했다. 캘리포니아는 2013년에 오픈 디비전 경기를 도입했다.

2장

53.4. 제임스 네이스미스는 캐나다인이지만, 미국에서 농구를 만들어 냈다. 농구를 창시한 사람이 캐나다인지 미국인인지에 대한 논쟁은 굉장히 오래되었다.

65.1. 솔직히 말해서 공원 묘사가 정확하지는 않다. 이 공원은 미국 농구 역사상 굉장히 의미가 있는 공간이고, NBA 스트리트 Vol.2라는 비디오 게임의 배경이기도 하다. 코트와 공원 간판, 그리고 무심해 보이는 나를 순서대로 잘 볼 수 있도록 공원 구성을 재배치했다.

71.4. 아이반이 나오는 '내일의 스포츠 스타(Sports Stars of Tommorrow)' 영상은 유튜브 채널에서 볼 수 있다.

72.2. 이런 식의 인용 몇 개는 뜻을 분명히 할 수 있도록 축약과 수정을 거쳤다.

75.2. 아내와 내가 나누는 대화는 모두 실제 대화를 재구성한 것이다. 이야기를 진전시키기 위해서 수정했는데, 이렇게 고쳐도 별문제가 없다고 생각한 이유는 잘 알다시피 우리가 결혼한 사이이기 때문이다.

82-83. 이 책에 등장하는 역사 속 인물이나 현존하는 인물은 실제와 생김새가 다른 경우도 있고, 몇몇은 차이가 크다. 그 이유는 내가 부족해서이기도 하고, 만화에 대한 접근 방식 때문이기도 하다. 만화가 잘 읽히게 만들려면 캐릭터들은 알파벳의 철자처럼 기능해야 한다고 생각한다. 각 인물들과 철

자들은 특징을 쉽게 알아볼 수 있어야 한다. 동화 『Five Chinese Brothers』에 등장하는 인물들처럼 똑같이 생겨서는 안 된다는 뜻이다.

이 책에서 만화는 현실과 차이가 있다. 예를 들어서 이사야는 경기장 밖에서 헤어밴드를 하지 않았다. 모든 경기마다 헤어밴드를 했던 것도 아니다. 아린즈는 시즌 중에 몇 주 동안만 짧은 머리를 했다.

3장

89.2. NFL 미식축구 팀 샌프란시스코 포티나이너스의 쿼터백 '콜린 캐퍼닉'은 2016년 미국 국가가 흘러나올 때 무릎을 꿇었다. 20년 전, NBA 농구 팀 덴버 너기츠의 스타 '마흐무드 압둘 라우프'는 같은 이유로 국가가 연주되는 동안 앉아 있었다. 이 행동으로 압둘 라우프는 출장 정지 징계를 받았다. 2014-15 시즌쯤, 압둘 라우프의 저항은 잊혔고 캐퍼닉은 저항을 아직 시작도 하지 않았다. 퍼거슨 사건의 판결에 대해서는 드래건스의 코치진과 선수들, 부모님들마다 생각이 모두 다를 것이다. 판결에 대한 불만을 어떻게 시각적으로 표출할지에 대해서는 정해지지 않은 상태였다.

89.3. 벽에 걸린 가면은 오데라 치딤이 나이지리아를 여행하고 나서 선물한 것이다.

100.5. 루와 앨릭스의 대화는 경기 후에 데라살 교실에서 실제로 나눈 대화이다.

105.4. 좋은 친구이자 비범한 만화가인 데릭 커크 킴에게 이 만화의 초본을 보여 줬을 때, 그는 이 칸을 보더니 웃으면서 말했다. "야, 이거야말로 희망사항이잖아. 테리사가 이렇게 자주 키스한다고?" 솔직히 맞는 말이다.

4장

114.4. 1947년 NBA 챔피언십 사상 최초의 우승 팀은 필라델피아 워리어스였다. NBA가 아직 BAA로 불릴 때였다. 이 책이 출간된 현재, NBA 공식 사이트에서 그 팀에 대한 얘기는 물론 당시의 사진도 볼 수 있다.

115.1. 윌리 킹과 빌 패로에 대한 참고 사진을 찾을 수 없어서 만화 버전으로 그려 넣었다.

130.5. 루의 상대는 UCLA 시절 루의 친한 친구인 에드 오배넌이다. 오배넌은 1995년 전체 9위로 뉴저지 네츠(현재 브루클린 네츠)에 드래프트되었지만, 유럽으로 건너가기 전까지 단 2년 동안만 NBA에서 선수 생활을 했다.

5장

145. 루의 말에는 여러 상황이 섞여 있다. 이때 직접 한 얘기도 있고, 2015년 1월 15일 웨인즈빌 경기(이 경기는 9장에서 다룬다.) 전에 한 얘기, 나와 인터뷰할 때 말한 생각들도 포함되어 있다.

161.6. 2013년 슈퍼볼 경기에서 샌프란시스코 포티나이너스가 볼티모어 레이븐스와 붙어서 패배했을 때, 나는 처남과 함께 경기를 봤다. 경기를 보는 내내 처남은 계속해서 그 방에 있는 사람들에게 말했다. "포티나이너스가 질 거라고 생각하는 사람은 당장 이 방에서 나가!" 포티나이너스가 패배하자 처남은 아무 말 없이 씩씩거리며 방에서 나갔다. 하하. 정말 바보 같았다.

165.1. '웨스턴'은 시즌 초기에 팀을 떠났기 때문에, 진짜 이름은 물론 비슷한 이름조차 사용하지 않았다.

6장

178.2. 이 칸의 마지막 말풍선은 〈스포츠 일러스트레이티드Sports Illustrated〉의 기고가 앤디 브누아의 트윗을 인용한 것이다.

184.1. 조지언 웰스의 역사적인 발자취를 보고 싶다면, 월스트리트저널의 사이트나 유튜브를 검색해 보면 된다.

187.2. 사실 아린즈는 문자로 질문했다. 직접 만난 것으로 그린 이유는, 아린즈의 문자를 읽는 내 모습을 그리면 그걸 보는 모두가 지루할 것이기 때문이다.

7장

206.1. 그날 밤, 나는 근처에 사는 친구네 집 소파에서 잤다. 버스를 놓칠까 봐 불안했다.

217.2. 조엘 엠비드는 몬트버드를 졸업하지 못했다. 경기 시간이 부족하다는 이유로 1년 뒤에 전학했기 때문이다. 내 생각에는 몬트버드 코치진이 조엘 엠비드를 믿어 주지 않았던 것 같다.

217.3-5. 벤 시먼스는 2016년 첫 번째 픽으로 드래프트되어 NBA에 진출했다. 아이반 랩은 2017년에 35번째로 NBA에 드래프트되었다.

228.2. 마지막 말풍선에는 아나운서의 말을 그대로 옮겼다.

231.3-4. 이 대사는 아나운서의 중계 그대로다. 심판들은 실제로 경기 내내 많은 몸싸움을 눈감아 주었다.

233.1. 아나운서의 중계를 그대로 인용했다.

235.5. 이쯤에 담당 편집자인 주디 핸슨으로부터 슈퍼맨과 관련된 전화를 받았지만, 집에 도착한 이후는 아니었다. 이야기를 매끄럽게 진행시키기 위해 여기에 넣었다.

8장

239.1. 1906년 사진작가 에드윈 레빅이 대서양 정기선의 갑판에서 촬영한 이주민들의 사진을 참고해서 그렸다.

239.2. 이 정치 만화는 국회도서관 사이트에서 찾을 수 있다(loc.gov/pictures/item/97515495/).

252.2. 가톨릭 학교가 캘리포니아주 챔피언십 경기에서 이길 확률은 남자 팀이 31퍼센트, 여자 팀이 34퍼센트였다. 이 자료를 찾기까지 도와준 도서관 사서 캐시 섹스턴에게 감사의 말을 전한다.

252.3. 고등학교에서 지빈은 인도인으로 기록되었지만, 대학 때부터 펀자브인으로 인식되었기 때문에 이 장에서도 그렇게 바꾸었다. 펀자브는 남아시아 지역이지만, 1947년 영국이 인도와 파키스탄으로 갈라놓았다.

254.1. 1971년, 이 지도에서 파키스탄의 동쪽 지역이 분리되어 방글라데시라는 독립적인 국가가 되었다.

254.3. 강제 이주를 당한 사람들이 시크교도만은 아니었다. 힌두교도들과 무슬림교도들 수백만 명도 고향을 떠나 자신이 속해야 할 곳으로 이주했다. 수많은 사람이 목숨을 잃었다.

257.1. 9.11 테러 이후 가장 극악한 시크교도 테러 사건은 2012년 8월 5일, 위스콘신에 있는 시크교 사원에서 일어났다. 백인 우월주의자가 신자 여섯 명을 죽이고 총으로 자살한 것이다.

263.4. 지빈의 기도는 물 만타르(Mul Mantar)라고 불리며, 자프지 사히브(Japji Sahib)라는 훨씬 긴 기도

의 첫 부분이다. 시크교의 경전인 스리 구루 그란트 사히브(Sri Guru Granth Sahib)의 도입부에서 찾을 수 있다.

9장

273.2-5. 이 대화는 몇 개월 동안 DC 코믹스 편집자와 나눈 대화들을 다른 말로 바꾸어 표현한 것이다. JQH 경기장에서 나눈 통화뿐 아니라 집에서 했던 통화, 뉴욕시에 있는 DC 코믹스 본사에서 직접 나눈 대화들을 대체했다.(내 첫 번째 슈퍼맨 책이 출간된 직후에, DC는 본사를 캘리포니아주 버뱅크로 옮겼다.)

여기에 표현한 감정은 정말로 현실적이다. 로이스 레인이 슈퍼맨을 배신하는 이유를 생각하다 보니, 머릿속이 혼란스럽고 속이 울렁거렸다. 스토리가 어떻게 진행됐을지 궁금하다면, 슈퍼맨 1권 (부제: Before Truth)을 보면 된다.

275.4. 단테 코치의 말은 나이키 엑스트라바간자 사전 경기에서 인용했는데, 그 경기는 이 책에 포함하지 않았다. 아쉽게도 나는 웨인즈빌 타이거즈와의 경기에 대한 단테 코치의 전략을 기록하지 못했다.

278.1. 아나운서는 지빈의 이름을 잘못 발음했지만, "어." 하고 머뭇거리지도 않았다. 어색함을 잘 전달하기 위해 머뭇거리는 말들을 더했다.

278.2. 지빈을 향한 인종 혐오적인 발언을 들은 곳이 미주리주 말고 또 있었다. 예를 들어 2015년 2월 27일, 캘리포니아 팀인 알람브라 불도그스와 경기했을 때였다. 누군가가 지빈에게 소리쳤다. "24번, 이라크로 꺼져!"

279.1. 아린즈와 앨릭스가 함께 경기에 투입된 것은 사실 후반이었다. 전반에도 함께 뛰기는 했지만, 따로 따로 투입되었다. 더욱 극적으로 연출하기 위해 순서를 살짝 바꾸었다.

아나운서는 지빈의 이름을 잘못 발음한 것처럼, 아린즈와 앨릭스의 이름을 말할 때도 애를 먹었다. 지빈의 경우와 마찬가지로 어색함을 표현하기 위해 머뭇거리는 것처럼 표현했다.

285.2. 프랭클린은 전반에 덩크 슛을 넣었다. 시간을 옮긴 이유는 한 페이지에 덩크 슛 세 장면을 모두 그리기 위해서였다.

287.3. 실제로 프랭클린과 앨릭스의 춤은 훨씬 재밌고 통통 튀었지만, 만화 같은 정적인 매체로 묘사하기는 힘들었다. 단순하게 표현해야 했다.

290.1. 10대인 루 리치의 환영이 나를 찾아오지는 않았다. 오다우드를 떠날 시점이 다가왔다고 점점 깨닫는 나의 모습을 극적으로 표현하고 싶었다.

10장

302.1. 야오밍, 찰스 바클리, 케니 스미스의 사건 전반에 대해서 팬들이 편집해 놓은 영상을 유튜브에서 볼 수 있다.

11장

321.4. 12장에서 언급했듯이, 지빈과 나는 트로얀스 얘기를 직접 한 것이 아니라 문자로 주고받았다.

326.1. 루의 대사는 2015년 3월 4일, 캄포린도 경기 전 미팅 때 토니가 한 말이다. 루가 한 말로 바꾼 이유

326.5. 앨릭스의 슛을 향한 선수들의 반응은 정확하게 묘사했지만, 앨릭스의 손 모양은 그렇지 못했다. 3점 슛을 성공한 뒤, 앨릭스가 오케이 사인을 보내지는 않았다. 그 대신 세 손가락을 권총집에 넣는 척했다. 칸 하나에 묘사하기 어려워서 포즈를 바꿔 그렸다.

327.4. 만화로 그려서 알아보기 힘들지도 모르지만, 패리스가 신은 신발은 'NikeLab KOBE X Elite Low HTM' 모델이다. 다만 실제로 패리스가 이 신발을 신은 적은 없다. 예전 팀 슈즈와 확실하게 구분됐으면 해서 그 모델로 그렸다. 아주 멋지게 생겼으니까.

328.3. 이 대화는 기억에서 꺼내 재구성했으며, 2017년 6월 9일 토니가 내용을 확인했다. 토니는 피자 얘기는 기억하지 못했지만, 난 정확하게 기억하기 때문에 만화 속 토니의 대화에 포함시켰다.

342.3. 이 대화는 2015년 3월 10일, 비숍 오다우드 교정에서 들었다. 이야기를 수월하게 진행하기 위해서 이곳으로 옮기고, 가상 관중 두 명의 입을 빌렸다.

344.2. NBA는 2017-18 시즌 동안 하부 리그의 이름을 D리그에서 G리그로 바꿨고, 게토레이가 후원을 시작했다.

12장

352.1-2. 앤드루 워커와는 실제로 시즌이 끝난 뒤 스타벅스에서 대화를 나눴다.

354.4. 이 대화는 애넷과 주고받은 이메일에서 나온 내용이다. 애넷의 말 가운데 일부를 지니에게 옮긴 것은, 이 칸을 효율적으로 쓰기 위해서다. 하지만 둘 다 오스틴 워커의 광팬인 것만은 확실하다.

355.6. 오스틴이 실제로 한 말이며, 주 챔피언십 경기가 있던 날 나와 함께한 대화에서 인용했다. 시합 바로 직전에 코트로 향하는 하스 경기장의 복도를 걸어가며 이야기했다.

372.1. 교장 선생님과는 수업 시작 전이 아니라 수업 시간에 대화를 나눴다. 이렇게 구성한 이유는 바로 전 페이지에서 텅 빈 학교를 걸으며 곰곰이 생각하는 모습과 잘 연결하기 위해서다.
　　17년을 몸담은 비숍 오다우드 고등학교를 떠나는 일은 너무도 힘들었다. 나는 한동안 제대로 먹을 수도, 잘 수도 없었다. 마치 연인과 이별한 것만 같았다.

13장

376.2. 앨릭스에 대해서 루와 이 대화를 나눈 것은 일주일 뒤였다. 우리는 경기가 끝나고 버클리에 있는 'Kip's Bar & Grill'로 걸어가며 얘기를 나눴다. 이 장을 아주 특별하게 마무리하고 싶었기 때문에, 이 장면을 여기로 옮겼다.

377.5. 마터 데이 모나츠에 관해서는 루와 문자로 대화를 나눴다. 2017년 8월 2일에 있었던 일이다.

379.2. 내 기억이 정확하다면, 여자 팀은 이 시합에서 웜업 슈트를 입지 않았다. 이렇게 그린 이유는 우승 팀이 관중들 가운데 돋보이게 그리고 싶었기 때문이다.

384.2. 특수하게 제작된 나이키 운동화는 제시간에 도착하지 못했다. (아이반과 패리스를 제외한) 팀원들이 팀 슈즈를 신은 것은 그 때문이다.

386.1. 네 번째 말풍선에는 1쿼터 3분경에 아나운서가 한 말을 그대로 옮겼다. 사실 이 경기의 TV 중계에 참여한 아나운서들이 많았지만, 한 명만을 등장시켜 상황을 단순하게 보여 주었다.

390.5.	앨릭스는 플루거가 덩크 슛을 쏘기 전에 경기에 투입됐다. 극적인 연출을 위해 상황을 바꾸었다.
394.3.	토니의 얘기는 주 챔피언십 경기 전 아침 회의 때 나온 말이다. 극적으로 연출하기 위해 이 칸으로 옮겼다.
395.3-6.	실제로는 이 얘기를 하프타임 중에 한 것이 아니라 며칠 전 연습 중에 했다. 토니의 발언과 마찬가지로 극적인 연출을 위해서 이곳에 넣었다.
404.7.	앨릭스는 오스틴에게 인바운드 패스를 했지만, 공은 결국 패리스에게 갔다. 상황이 잘 연결되도록, 패리스에게 바로 패스한 것으로 그렸다.
414.3.	후에 심판진은 0.7초가 남았다고 판단했지만, 경기 결과에는 변동이 없었다. 그래서 그 부분을 생략했다.
414.6-7.	2015년 4월 13일에 보낸 이메일에서 패리스는 자신이 아이반에게 했던 말을 얘기해 주었다. 패리스가 한 정확한 말은 "아이반, 넌 바로 여기서 우리한테 우승컵을 안겨 줄 거야. 같이 전설을 만들자."였다.
424.3.	루 옆에 있는 여성은 여자 친구인 애슐리 애시이고, 마찬가지로 오다우드 졸업생이다.
426.1.	솔직히 말하면, 오스틴이 마지막으로 코트를 떠났는지는 잘 기억나지 않는다. 하지만 눈물을 흘리는 모습은 확실히 기억한다.

에필로그

429.1.	이 만남이 있고 1년 뒤 얘기를 해야겠다. HBO에서 케빈 존슨의 성추행 혐의들을 자세히 보도하는 뉴스를 방영했다. 존슨은 재판을 받지 않았지만, 그 때문에 정치 경력이 끝났다고 믿는 사람들이 적지 않다. 새크라멘토에 갔을 때 양 팀 누구도 알지 못했던 사실이다.
430.1.	이 장면은 캘리포니아주 서니베일에 있는 피자 전문점을 참고했다. 나는 멍청하게도 새크라멘토 피자 전문점에서 참고 사진을 안 찍었다.
434.1.	패리스는 남은 팀원들과 새크라멘토에 가지 않았다. 실제로 우승 후에 축하 자리가 여러 번 있었다. 이곳과 시푸드 레스토랑, 치킨&와플 전문점에서도 있었다. 이 장면은 그 모두를 섞은 셈이다. 아이반과 패리스에 대해 정리한 표현들은 시즌이 끝날 무렵에 여러 번 떠올렸던 생각이다.
434.3.	3개월 뒤인 2015년 6월 16일, 골든 스테이트 워리어스는 NBA 결승전 여섯 번째 경기에서 클리블랜드 캐벌리어스를 꺾었다. 1975년 이후 워리어스의 첫 번째 챔피언십 우승이었다. 그래서 2015년은 오클랜드 농구 역사상 큰 의미가 있는 해였다.
436.1.	우리 가족은 이따금 뒷마당에서 농구를 했는데, 특히 아들이 학교 농구 팀에 들어갔을 때 자주 했다. 하지만 이런 모습은 아니었다. 대개는 공이 여러 개였고 훨씬 정신없었다. 평화로운 가족의 모습은 허구에 가깝지만, 그래도 해피엔드를 위해서는 필요한 장면이다.

편집자 주	마이크 펠프스는 2019년 10월에 세상을 떠났고, 그가 무죄인지 유죄인지는 여전히 결론 나지 않았다. 계속해서 여러 의견이 엇갈리고 있지만, 그를 해고한 비숍 오다우드 고등학교의 결정이 옳았다는 것에는 대부분 동의한다. 작가는 그 모든 복잡한 상황과 감정을 작품 속에 있는 그대로 드러내고자 했다.

참고 문헌

2장

Naismith, James. Basketball: Its Origin and Development. Lincoln: University of Nebraska Press, 1996.
Rains, Rob. Naismith: The Man Who Invented Basketball. Philadelphia: Temple University Press, 2011.

4장

Christgau, John. Tricksters in the Madhouse: Lakers Vs. Globetrotters, 1948. Lincoln, NE: Bison Books, 2007.
Halberstam, David. The Breaks of the Game. New York: Hachette Books, 2009.
Leifer, Eric M. Making the Majors: The Transformation of Team Sports in America. Cambridge, MA: Harvard University Press, 1998.
"Marques Haynes." Voices of Oklahoma. Accessed August 3, 2017. voicesofoklahoma.com/interview/haynes-marques/.
Pluto, Terry. Tall Tales: The Glory Years of the NBA, in the Words of the Men Who Played, Coached, and Built Pro Basketball. New York: Simon & Schuster, 2013.
Yep, Kathleen S. Outside the Paint: When Basketball Ruled at the Chinese Playground. Philadelphia: Temple University Press, 2009.

6장

Albergotti, Reed. "The Dunk That Made History." The Wall Street Journal. March 20, 2009. Accessed February 10, 2017. wsj.com/articles/SB123750766297390343.
Garber, Greg. "Mother of Dunk Finally Getting Due." ESPN. July 22, 2009. Accessed February 10, 2017. espn.com/womens-college-basketball/columns/story?columnlst=garber_greg&id=4340458.
Hult, Joan S., and Marianna Trekell, eds. A Century of Women's Basketball: From Frailty to Final Four. Reston, VA: American Alliance for Health, Physical Education, Recreation and Dance, 1991.
Ottaway, Amanda. "Why Don't People Watch Women's Sports?" The Nation. July 20, 2016. Accessed February 10, 2017. thenation.com/article/why-dont-people-watch-womens-sports/.
Yep, Kathleen S. Outside the Paint: When Basketball Ruled at the Chinese Playground. Philadelphia: Temple University Press, 2009.

8장

Kindred, Dave. "Kurland-Mikan: The Start of Something Big." The Washington Post. December 9, 1982. Accessed August 1, 2017. washingtonpost.com/archive/sports/1982/12/09/kurland-mikan-the-start-of-something-big/0b192110-3ed3-41e1-86c2-0da98df67e2d/?noredirect=on&utm_term=.63a132048e5c.
Mikan, George L., and Joseph Oberle. Unstoppable: The Story of George Mikan, the First NBA Superstar. Indianapolis: Masters Press, 1997.
Schulson, Michael. "Add Basketball to Catholic Colleges' Springtime Rituals." The Washington Post. March 26, 2014. Accessed August 1, 2017. washingtonpost.com/national/religion/add-basketball-to-catholic-colleges-springtime-rituals/2014/03/26/8d790dca-b513-11e3-bab2-b9602293021d_story.html?noredirect=on&utm_term=.d1799aaf245a.
Schumacher, Michael. Mr. Basketball: George Mikan, the Minneapolis Lakers, and the Birth of the NBA. Minneapolis: University of Minnesota Press, 2008.
Singh, Nikky-Guninder Kaur. Sikhism: An Introduction. London: I.B. Tauris, 2011.

10장

Gao, Helen. "From Mao Zedong to Jeremy Lin: Why Basketball Is China's Biggest Sport." The Atlantic. February 22, 2012. Accessed June 13, 2017. theatlantic.com/international/archive/2012/02/from-mao-zedong-to-jeremy-lin-why-basketball-is-chinas-biggest-sport/253427/.
Wang, Yanan. "How Yao Ming Subverted Stereotypes and Brought Basketball to Millions." The Washington Post. April 5, 2016. Accessed

June 13, 2017. washingtonpost.com/news/morning-mix/wp/2016/04/05/hall-of-famer-yao-ming-redefined-chinaman-for-the-nba-and-brought-the-game-to-hundreds-of-millions/?utm_term=.bdc81a855ed4.

Yao, Ming, and Ric Bucher. Yao: A Life in Two Worlds. New York: Hyperion, 2004.

Yardley, Jim. Brave Dragons: A Chinese Basketball Team, an American Coach, and Two Cultures Clashing. New York: Vintage Books, 2013.

Youngmisuk, Ohm. "Jeremy Lin Says Racist Remarks He Heard from Opponents Were Worse in NCAA than NBA." ESPN. May 11, 2017. Accessed June 13, 2017. espn.com/nba/story/_/id/19353394/jeremy-lin-brooklyn-nets-says-heard-racist-remarks-more-frequently-college-nba.

12장

Bay City News. "Sex Charges against Oakland Basketball Coach Dismissed." SFGate. June 30, 2003. Accessed August 8, 2017. sfgate.com/news/article/Sex-charges-against-Oakland-basketball-coach-2605623.php.

Lee, Henry K. "Coach Pleads Not Guilty to Molest Charges / Court Papers Reveal Allegations of Sexual Abuse Dating to 1960s." SFGate. February 21, 2003. Accessed August 8, 2017. sfgate.com/bayarea/article/Coach-pleads-not-guilty-to-molest-charges-Court-2668848.php.

감사하는 분들

테리사 양, 우리 아이들, 루 리치, 라크 피엔, 리앤 메이어, 아이반 랩, 패리스 오스틴, 오데라 치덤, 아린즈 치덤, 지빈 산두, 앨릭스 자오, 오스틴 워커, 프랭클린 롱러스, 이사야 토머스, 에이샤 토머스, 에이지아 로버트슨, 마이크 하우저, 캐머런 패터슨, 제쿼리 바젯, 나심 개스킨, 일라이자 하디, 토니 프리치로, 마이크 배니스터, 단테 패터슨, 로런스 먼로, 팻 더긴, 데이브 심밀, 매뉴얼 코테즈, 재크 일, 콜린 켈리, 애슐리 애시, 마이크 볼러, 카를로스 아리아가, 제이스 터너, 섀본 제닝스, 조앤 키니언, 말릭 매코드, 섀넌 도너휴, 제럴드 베넷, 카림 잭슨, 타미 랩, 클래레이사 존스, 라만 산두, 앤드루 워커, 마크 세이겔, 칼리스타 브릴, 로빈 채프먼, 키아라 밸디즈, 몰리 조핸슨, 존 야기드, 젠 베세르, 앨리슨 베로스트, 앵거스 킬리크, 몰리 엘리스, 루시 델 프리오레, 롭 스틴, 커크 벤쇼프, 앨릭스 루, 베라 브로스골, 샘 보스마, 셸리 패롤린 램, 브레이든 램, 데이비드 홀랜더, 크리스 킨드리드, 프란체스카 린, 사이민 부턴, 지나 갈리아노, 핀 쇼, 데릭 커크 킴, 브라이언 양, 티엔 팜, 브리아나 로윈슨, 하비에르 샌체스, 애넷 카운츠, 팜 셰이, 우리 오다우드 동료들과 학생들 그리고 스티브 펠프스 박사.